GERHARD PFLANZ

Die Mörderkate

AF192342

Buch

Ein Kriminalfall aus dem Jahr 1932, geprägt von den politischen Unruhen. Kriminalkommissar Hermann vom Kommissariat Gießen steht mit seinen Kollegen vor einem schwierigen Problem. Er muss einen Mörder überführen, der unter dem Schutzmantel der mächtigen Rechtsradikalen die Flucht ergreift und verschwunden ist.

Er nutzt alle Möglichkeiten, um an Informationen zu kommen, kann aber weitere Morde nicht verhindern. Die Rechtsradikalen sind sich ihrer Stärke und dem Rückhalt in der Bevölkerung bewusst und sperren sich gegen jede Mitarbeit zur Aufklärung der Verbrechen. Findet Berthold Hermann den richtigen Weg?

Die Liebesgeschichte um seinen Kollegen Gregor Loheim nimmt einen tragischen Ausgang. Gregor lernt darauf Lene kennen, für ihn die große Liebe. Wird es ein dauerhaftes Glück für Lene und ihn?

Die Handlung ist erfunden, Ähnlichkeiten von Namen oder Personen sind rein zufällig und nicht beabsichtigt.

Autor

Gerhard Pflanz lebt im Cuxland im Kreis seiner Familie. Nach einem anspruchsvollen und erfolgreichen Berufsleben widmet er sich jetzt im Ruhestand seiner Leidenschaft, dem Schreiben von Historischen- und Kriminalromanen. Daneben zählt für den Dipl. Ing. und Vater von drei Kindern vor allem seine Familie.

Web: http://www.pflanz-web.de
Mail: autor@pflanz-web.de

Weitere Titel von Gerhard Pflanz

Aufbruch nach Britannia

Morde und Amouren

Yako - Der Chatte

Saltius - Germane in Römischen Diensten

Geschichten für Melissa

Kriegsende in Schlitz

Technisches Wörterbuch (deutsch/engl., engl./deutsch)

GERHARD PFLANZ

Die Mörderkate

Ein Kriminalfall aus dem Jahr 1932

Roman

Titelbild von Horst Richter
Zeichnung von Jürgen Krause

Bibliografische Information der Deutschen
Nationalbibliothek:
Die Deutsche Nationalbibliothek verzeichnet diese
Publikation in der Deutschen Nationalbibliografie;
detaillierte bibliografische Daten sind im Internet über
http://dnb.dnb.de abrufbar.

© 2023 Gerhard Pflanz

Titelbild: Horst Richter
Zeichnung: Jürgen Krause

Herstellung und Verlag: BoD – Books on Demand,
Norderstedt

1. Auflage 2023

ISBN: 978-3-7578-2161-6

Inhaltsverzeichnis

Personenverzeichnis

Im Kriminalkommissariat

Berthold Hermann	Kriminalkommissar
Herr Weber	Kriminalrat (Bertholds Chef)
Jürgen Reinshagen	Kriminalkommissar (Bertholds Freund)
Gregor Loheim	Kriminalkommissar, neuer Kollege
Sofie Blum	Sekretärin

In Linden

Berthold Hermann	Kriminalkommissar, 30 Jahre alt
Käthchen Hermann	Bertholds Frau, 26 Jahre alt
Ronald	der 3-jährige Sohn
Oma/Opa Hermann	die Eltern und Nachbarn

In der Parteizentrale der Rechtsradikalen

Konrad Jung	Vorsitzender im Landkreis
Klaus Krenz	Mitarbeiter von Jung
Albrecht Weiß	Arbeitsloser, Gehilfe von Krenz
Karl Gerber	dessen Freund, genannt Schwuchtel
Karl Beck	Parteimitglied

Sonstige

Wilhelm Sperl	Vorsitzender der Linken in Busdorf
Ilja Berger	Agitator
Witwe Gebert	Eigentümerin der Kate
Lene Lohn	Kinderkrankenschwester

Albert Schuchardt	Staatsanwalt
Hein Söhl	Schiffer vom Krabbenkutter „Möwe"

Für unsere sieben wunderbaren Enkel.

Leser, mir nach, du bist frei!
Michael Bulgakow (1891-1940)

01
DER AUFTRAG

Was man zu verstehen gelernt hat,
fürchtet man nicht mehr.

Marie Curie (1867-1934)

In der Zentrale der Rechtsradikalen im Landkreis saß der Vorsitzende des Landkreises Konrad Jung, mit seinem langjährigen Vertrauten Klaus Krenz zusammen. Sie besprachen Pläne in einem kleinen Hinterzimmer, während in dem zur Straße gelegenen Schulungsraum ein Vortrag für die Jugendgruppe des Landkreises stattfand.

Zigarettenrauch füllte den kleinen Raum, die beiden Männer lasen einen Brief: „Klaus, ich habe diesen vertraulichen Brief von unserem Gauleiter erhalten. Wenn du ihn gelesen hast, brauche ich dir nicht mehr zu sagen, dass es sich um ein streng vertrauliches Schreiben handelt."

Er gab Klaus den Brief und ließ ihm Zeit zum Studium des Inhalts. Das dauerte eine Weile, Jung sah an den

Lippen seines Freundes und dem Zeigefinger, der entlang den Buchstaben dem Inhalt des Briefes folgt, dass Lesen nicht zu den geübten Tätigkeiten seines Gegenübers gehörte. Der Brief hatte auszugsweise folgenden Inhalt:

Von unserem Sicherheitsdienst erhalte ich die Meldung, dass in deinem Gebiet zunehmend Agitatoren der Linken tätig sind. Das betrifft Vorträge auf Parteiversammlungen, aber auch Schulungen zur Untergrundtätigkeit und Handhabung von Waffen. Wir dürfen keinesfalls dulden, dass diese Vaterlandsverräter sich derart betätigen und ich bitte dich die erforderlichen Maßnahmen einzuleiten.

Jung sah seinen Mitarbeiter Krenz bedeutungsvoll an: „Ich übergebe dir hiermit den Auftrag, das auf unsere bewährte Weise in Angriff zu nehmen. Den Schlüssel zur Kate der Witwe Gebert hast du ja noch. Die Kate kannst du wieder als Versteck wählen, bis sich die Wogen geglättet haben. Vorsicht ist geboten, das können geschulte Agenten aus der Sowjet Union sein, die sicher nicht zimperlich in der Wahl ihrer Mittel sein werden."

Krenz grinste: „Das sind wir auch nicht, keine Sorge." Jung wusste das, sein Vertrauter Klaus war sein Mann fürs Grobe. „Heute Abend haben die eine Versammlung in Busdorf, da kannst du vielleicht schon Kandidaten erkennen."

Krenz hatte nicht die Absicht selbst dort zu spionieren, dafür hatte er geeignete Leute, welche er mit Geldzahlungen bei der Stange hielt. Für bestimmte Einsätze rüstete er sie auch mit Pistolen aus. Es handelte sich dabei um die handliche und leicht in der Kleidung unterzubringende Walther PP Kaliber 6,35mm, für die er auch einen Schalldämpfer hatte.

Krenz verabschiedete sich von seinem Parteigenossen. Er wusste, dass er indirekt einen Mordauftrag auszuführen hatte. Das regte ihn nicht weiter auf, es ging nach den Vorstellungen seiner Partei ja um das Volkswohl seines Heimatlandes. Seine Partei hatte ein überragendes Wahlergebnis erzielt und würde die Regierung in Kürze im ganzen Reich übernehmen. Dann war es nur gut, wenn man sich jetzt schon nützlich machte.

Er setzte sich auf sein Rad und fuhr Richtung Gaststätte „Bierschwemme". Er hatte richtig vermutet, sein Gesuchter saß an der Theke vor einem Bierglas. „Tag, Albrecht", begrüßt er ihn, „hör auf zu saufen, ich habe Arbeit für dich."

„Heute Abend 8 Uhr findet in Busdorf eine Versammlung unserer Freunde statt", informierte er ihn, nachdem er sich überzeugt hatte, dass keine Lauscher zuhörten. „Die tagen bestimmt in der Dorfkneipe. Du nimmst an der Veranstaltung teil und merkst dir den Agitator, den Scharfmacher, den sie bestimmt wieder von auswärts geholt haben. Den sollst du deiner Sonderbehandlung unterziehen und an dem bekannten Platz unterbringen."

Der so Beauftragte nickte bedächtig: „Ja, wird gemacht." „Hier hast du den Schlüssel, Einzelheiten brauche ich dir nicht zu erzählen, du hast ja Übung. „Wann soll es denn knallen?", fragte Albrecht.

„Heute oder morgen. Für den Transport kannst du unseren Kastenwagen haben, der steht hier vor dem Parteibüro wie üblich. Hier ist der Wagenschlüssel. Fahre vorsichtig, du weißt, wenn deine Fahrerlaubnis überprüft wird, bist du dran. Die ist ja bei Edeka gekauft. Wenn du Hilfe brauchst, nimmst du deinen Schwulen mit. Lieber wäre es mir, du würdest allein klarkommen. Also, hör auf zu saufen, der Auftrag kommt von ganz oben."

„Und was ist hiermit?" Albrecht Weiß machte grinsend eine reibende Bewegung zwischen Daumen und Zeigefinger. „Darüber reden wir später", war die kurze Antwort. Krenz reichte ihm, verdeckt unter seiner Jacke, eine Pistole und den Schalldämpfer. „Jetzt fühle ich mich schon viel wohler", sagte dieser, „nicht mehr so nackt."

Krenz bezahlte die Rechnung seines Gehilfen: „Ich weiß ja, dass du ständig pleite bist. Du gibst zu viel Geld für deine Schwuchtel aus." Albrecht lachte, widersprach aber nicht. Vor der Kneipe trennten sich die Beiden, jeder fuhr mit dem Rad seinem Ziel entgegen.

Albrecht fuhr mit dem Kastenwagen nach Busdorf. Die Versammlung fand der Dorfkneipe „Goldener Hahn" statt, wie Krenz vermutet hatte. Vor dem Eingang zum Saal standen zwei kräftige Männer, die seinen Mitgliedsausweis verlangten. Da zunehmend Störungen ihrer Versammlungen durch Rechtsradikale vorkamen, war man vorsichtig geworden.

Albrecht antwortete der Wahrheit entsprechend: „Ich bin kein Mitglied, will aber mal was anderes hören als die Hetzreden der rechten Kriminellen." „Deinen Namen brauchen wir und den Wohnort." Damit hatte er nicht gerechnet, aber nach kurzem Zögern antwortete er: „Albrecht Richter aus Gießen", was natürlich nicht stimmte. Seinen richtigen Namen hätte er nie preisgegeben, ein anderer Vorname fiel ihm spontan nicht ein, so nannte er aus Gewohnheit seinen richtigen, den wohlmeinende Eltern ihm einst gegeben hatten. Die ahnten damals nicht, welchen missratenen Sprössling sie da in die Welt gesetzt hatten.

Seine Angaben wurden von einem neben der Tür sitzenden Parteimitglied in eine Liste eingetragen. Die Türsteher fragten nicht weiter, andere Besucher drängten nach. Albrecht setzte sich in eine mittlere Reihe an den Rand. Vorsitzender Wilhelm Sperl begrüßte die erschienenen Genossen und gab einen Rechenschaftsbericht über den vergangenen Monat. Dann begrüßte er einen besonderen Gast: „Genossen, ich begrüße heute den Genossen Berger, der uns aus Berlin besucht und über die schandhaften Pläne der radikalen Nationalisten informieren will."

Ein kleiner Mann mit Brille erhob sich aus der ersten Reihe und reckte die Faust in die Höhe. Der Vorsitzende bat ihn zum Rednerpult und gab ihm das Wort. Albrecht erhob sich halb auf seinem Stuhl, um besser sehen zu können. Das war sein Mann, er klatschte Beifall wie alle anderen.

In dem nun folgenden Vortrag wurden alle geschehenen und auch nicht geschehenen Schandtaten der politischen Gegner gekonnt angeprangert und zu Gegenmaßnahmen aufgefordert: „Reißt ihre Plakate ab, stört ihre Versammlungen und informiert die Bevölkerung in der Presse über ihre Untaten. Weitere Maßnahmen bespreche ich mit eurem Vorsitzenden." Das Gequatsche interessierte Albrecht nicht, er wartete auf das Ende der Versammlung dieser Dösköpfe.

Endlich schloss der Vorsitzende die Veranstaltung, nachdem es noch eine erregte Diskussion wegen Übergriffen in der Gemeinde gegeben hatte.

Alles drängte in die Wirtsstube oder ins Freie, Albrecht vorneweg. Seine Geduld in einer dunklen Ecke auf der gegenüber liegenden Straßenseite wurde auf eine harte Probe gestellt. Das Wirtshaus leerte sich allmählich und endlich erschienen leicht schwankend der Vorsitzende mit dem als Genosse Berger vorgestellten Redner. „Ilja, ich glaube wir sind Bett reif, ich bringe dich mit meiner

Rennmaschine zu deinem Quartier." Der mit Ilja angesprochene Redner nickte nur zustimmend.

Die Beiden schwangen sich auf dem Hof der Wirtsstube auf ein Motorrad und fuhren ab in Richtung Kreisstadt. Albrecht eilte zu seinem Adler-Kastenwagen und folgte. In der Bahnhofstraße hielt das Motorrad vor einem zweistöckigen Haus und Berger verabschiedete sich von dem Vorsitzenden. „Danke Wilhelm, dass du mich hierhergefahren hast." „Ich hole dich dann morgen um die Mittagszeit ab."

„Der hat ein Privatquartier", war Albrechts richtige Vermutung. Berger wartete, bis das Motorrad abgefahren war und ging dann weiter in Richtung Bahnhof. Offenbar wollte er noch das Nachtleben genießen. Das war die Chance für den Mörder. Albrecht fuhr mit dem Kastenwagen neben ihn und öffnete das Seitenfenster. Berger erwartete eine Frage, beugte sich zum Fenster herunter und der Spezialist der Partei für solche Aufgaben schoss ihm auf der menschenleeren Straße in den Kopf.

Weiß stieg aus und überzeugte sich, dass keine Zeugen zu sehen waren. Der Schuss war nur als ein „Plopp" zu hören durch den auf die Pistole aufgeschraubten Schalldämpfer. Ein kurzer Griff an die Halsschlagader überzeugte den Täter vom Tod seines Opfers. Er packte den Leichnam unter den Armen und warf ihn in den Kastenwagen, dessen hintere Tür er sorgfältig wieder verriegelte.

0 2
DAS VERSTECK

Wer aufhört Fehler zu machen,
lernt nichts mehr dazu.

Theodor Fontane (1819-1898)

Der gewissenlose Mörder fuhr seinem Ziel entgegen, dem Versteck für den Leichnam seines Opfers. Er fuhr aus der Stadt auf die Landstraße und gleich hinter der Stadtgrenze nach rechts in einen Feldweg, dem er etwa einen Kilometer folgte. Im schwachen Licht seiner Fahrzeuglampen kam eine Hütte in Sicht. Er war am Ziel.

Die Kate lag etwas abseits vom Feldweg am Rande eines mit Buschwerk umgrenzten Ackers. Sie gehörte der Witwe Gebert, die nach dem Tod ihres Mannes den Bauernhof aufgegeben hatte und in eine Mietwohnung in der Stadt gezogen war. Die Kate war ursprünglich für die Unterbringung von bäuerlichem Gerät und Düngemittelsäcken vorgesehen, aber jetzt unbenutzt, die angrenzenden Felder lagen brach.

Den Schlüssel hatte Krenz von dem Sohn Hans der Witwe erhalten. Er war ein Gesinnungsgenosse und Parteifreund, aber aus der Stadt verschwunden, angeblich war er ausgewandert.

Er ging zu der Kate und schloss die Tür auf. An einem Deckenbalken hing eine Stalllaterne, die er anzündete. Zu seiner Zufriedenheit waren beide Fenster durch Holzplatten gegen Sicht von außen verschlossen.

Er ging zurück zum Kastenwagen, lud sich den Leichnam auf die Schulter und legte ihn auf den Fußboden der Kate, welcher aus festgestampftem Lehm bestand. Die Laterne erlosch, das Petroleum war aufgebraucht. „Dieser Trottel hat das Petroleum nicht nachgefüllt, diese verdammte Schwuchtel." Mit seinem Kumpanen würde er noch abrechnen, von seiner Geldprämie bekam der nichts ab. Er durchwühlte die Taschen seines Opfers, fand aber nur eine Brille, eine Geldbörse mit 60 Mark und etwas Kleingeld sowie einen Schlüssel von einem Bahnschließfach und einen Hausschlüssel, keine Ausweispapiere. Er steckte alles in seine Hosentasche.

Dann schloss er ab und brachte die Karre, wie er das Fahrzeug nannte, zurück auf seinen Stellplatz in der Stadt. Auftrag erledigt, zufrieden machte sich der gewissenlose Schurke mit dem Fahrrad auf den Heimweg. Einen Zwischenstopp in der „Bierschwemme" hatte er dabei eingeplant. Vielleicht traf er dort seinen Kumpan, dem er ordentlich den Marsch blasen wollte. Auf dem Weg dorthin warf er die bei dem Toten gefundenen Sachen in verschiedene Straßengullys. Das Geld behielt er und steckte es grinsend in seine Hemdentasche.

Am nächsten Tag, einem Sonntag, startete der Parteivorsitzende aus Busdorf Wilhelm Sperl kurz vor Mittag sein Triumph SK 200 Motorrad und fuhr in die

Stadt. Er wollte wie verabredet den Genossen Berger abholen und ihn nach Hedenheim bringen, wo er abends einen Vortrag halten sollte. Vor dem Haus war niemand zu sehen und er klingelte auf gut Glück bei einer Wohnung im Erdgeschoss. Ein älterer Mann öffnete, Sperl entschuldigte sich und erklärte den Grund seines Klingelns.

„Da sind Sie hier falsch, versuchen Sie es im 1. Stock bei Frau Schmidt, die vermietet eines ihrer Zimmer." Auf sein Klingeln öffnete Frau Schmidt und sagte auf die Frage nach einem Mieter: „Der ist gestern nicht gekommen, ich war bis 12 Uhr wach, keiner kam. Heute Morgen habe ich gesehen, das Bett ist unberührt." Wilhelm Sperl war ratlos: „Ich habe ihn gestern etwa um 11 Uhr abends hier abgesetzt, ist er dann in seinem Zimmer gewesen und noch einmal weggegangen?"

„Nein, ganz bestimmt nicht, das hätte ich bemerkt", antwortete Frau Schmidt. Sperl ging gemeinsam mit ihr in das Zimmer, ein gemachtes Bett mit einem Schlafanzug auf dem Deckbett, Tisch und Stuhl, ein kleines Reisenecessaire mit einer Zahnbürste, sonst nichts. „Der hat bestimmt den Rest seines Gepäck in einem Schließfach am Bahnhof", dachte Sperl.

Er bedankte sich bei der Frau: „Sie brauchen sich um nichts weiter zu kümmern, Frau Schmidt. Wenn er nicht wieder auftaucht, melde ich ihn als vermisst bei der Polizei. Was ist er Ihnen schuldig? Ich bezahle es für ihn." „Eigentlich gar nichts, er hat das Zimmer ja gar nicht benutzt, sonst nehme ich für die Übernachtung mit Frühstück 10 Mark."

Sperl bezahlte die 10 Mark und verabschiedete sich. Nun war guter Rat teuer, da Berger aus dem Ausland kam und illegal eingereist war, konnte er nicht zur Polizei gehen wegen einer Vermisstenanzeige. Aber erst wollte er den Tag noch abwarten, vielleicht tauchte er ja wieder auf. Er fuhr nach Hedenheim und meldete das Verschwinden des für den Abend vorgesehenen Redners. Auf dem Rückweg nach Busdorf dachte er: „Hoffentlich steckt da die rechte Mörderbande nicht dahinter."

03
FAMILIE HERMANN

Gesichter sind die Lesebücher des Lebens.

Federico Fellini (1920-1993)

Für Kriminalkommissar Berthold Hermann war Sonntag der schönste Tag der Woche, wie es ja auch sein soll. Da konnte er zu Hause nach einer aufreibenden Woche das Haus und seine Familie genießen.

Sein Haus hatte er mit Hilfe der Eltern, Nachbarn und einem tüchtigen Bauunternehmer im Jahr 1928 fertiggestellt. Es war ein schmuckes Einfamilienhaus, Küche, Wohnzimmer, Bad und Gartenzimmer im Erdgeschoss und Schlafzimmer sowie zwei Kinderzimmer im Obergeschoss.

Das Haus war voll unterkellert und bot dort Platz für Waschküche, Vorratsraum und eine Werkstatt hatte er sich auch eingerichtet. In einem noch leerstehenden Raum, mit Tür zum Garten, wollte er noch eine Dusche und eine Sauna einbauen. Sein Vater hatte über diesen „spinnerten"

Plan zwar den Kopf geschüttelt, aber das würde er durchziehen. Die Sauna wollte er dann mit seinem Käthchen genießen. Geheiratet hatten die Beiden in der Dorfkirche von Linden ebenfalls 1928 nach Fertigstellung des Hauses, wie er ihr versprochen hatte.

Ein Jahr später war der inzwischen dreijährige Sohn Ronald geboren worden. Sein Schwiegervater Notar Gebhard Rainer hätte es gerne gesehen, wenn sie den Kleinen nach ihm benannt hätten, aber „Nix da, der wollte unsere Heirat doch gar nicht", hatte Tochter Käthchen gesagt.

Sie war glücklich mit ihrem Berthold. Manchmal musste sie ihn bremsen und vom Berufsstress herunter zerren, was ihr auch gelang. Er wurde von ihr und dem Kleinen immer freudig und liebevoll begrüßt, wenn er von seinem anstrengenden Dienst mit unregelmäßigem Feierabend nach Hause kam.

Am heutigen Sonntag tobte Berthold mit dem Kleinen im Garten hinter einem Ball her. Sein Vater erschien und rief: „Treibt das nicht zu toll!." Der Kleine begrüßte ihn: „Komm Opa, wir spielen gegen Papa." Opa wollte etwas anderes: „Oma lädt Euch zum Mittagessen ein", sagte er. Er ging ins Haus zu Schwiegertochter Käthchen, welche die Einladung gerne annahm.

Sie hatte ein sehr gutes Verhältnis zu ihren Schwiegereltern, welche nebenan wohnten. Oma Hermann war wie eine liebe Freundin von ihr. Ihre Eltern hätten gerne gesehen, wenn sie nach der Heirat in ihr großes Haus in Gießen eingezogen wären, aber das war für Berthold nicht denkbar bei dem damals noch etwas angespannten Verhältnis zu seinem Schwiegervater.

Das hatte sich inzwischen normalisiert und besonders Käthchens Mutter kam mit dem Fahrrad oft zu Besuch und freute sich über ihren Enkel und das glückliche Familienleben von Tochter und Schwiegersohn.

Das sonntägliche Mittagessen bei den Eltern war hervorragend, es gab dörflich korrekt Schweinebraten mit Kartoffelklößen und Blumenkohl. Berthold spendierte ein Flasche Rotwein aus dem Ahrtal, welche er in der Stadt gekauft hatte. Der Kleine aß tüchtig mit, so wie Papa es auch tat. Seine Mutter hatte ihm den Teller vorbereitet, alles mundgerecht zerkleinert. Den letzten Rest fütterte die Oma.

Am nächsten Tag radelte Berthold zum Dienst nach Gießen. Das gewünschte Automobil hatten sie sich bis jetzt nicht leisten können, der Abtrag der Hypotheken für ihr Haus und notwendige Anschaffungen drückten sie doch sehr.

Er begrüßte die Sekretärin Sofie Blum, welche die Stelle von Käthchen übernommen hatte. Frau Blum war etwas älter als der 30-jährige Berthold und eine ausgezeichnete Fachkraft. Sie hatte allerdings schon etliche Zusammenstöße mit dem Leiter des Kommissariats Kriminalrat Weber hinter sich gebracht, da sie eine durchaus selbstbewusste Person war und ihre Rechte auch gegen den Chef verteidigte. Der musste sich daran gewöhnen, denn das war bei Käthchen, ihrer viel jüngeren Vorgängerin, ganz anders gewesen.

Sie begrüßte Berthold auch gleich mit spitzer Zunge: „Ach der Kommissar Hermann, ausnahmsweise mal pünktlich im Dienst." Der nahm das nicht tragisch, sondern entgegnete lachend: „Die Sehnsucht nach Ihnen hat mich hergetrieben." Sie reichte ihm die Hand und sagte schmunzelnd: „Schluss mit der Siezerei, ich bin Sofie." „Gerne, Berthold haben mich meine Alten getauft." Er nahm die Gelegenheit wahr und drückte sie zärtlich an sich, er wusste Frauen mochten das.

„Und jetzt willst du sicher einen Kaffee, den sollst du haben, und zwar bekommst du ihn in der Tasse vom Chef, der ist heute nicht da." „Wenn er nun später kommt, macht er mich zur Schnecke." „Nein, er hat sich abgemeldet wegen Krankheit." Berthold bedankte sich und ging zum Büro seines Freundes Jürgen Reinshagen.

Jürgen war mit seinen 50 Jahren dienstältester Kommissar und Vertreter vom Kriminalrat Weber. Sein Büro hatte er jetzt direkt neben dem Chef. Berthold klopfte an, ging aber auf das „Herein" nicht hinein, sondern klopfte nochmal an. Die Tür wurde aufgerissen: „So kommen Sie doch…" Er erkannte Berthold und sagte lachend: „Er kann es nicht lassen seine erwachsenen Kollegen zu ärgern. Komm rein." Berthold fühlte sich jung genug, um solche Albernheiten immer noch in seinem Programm zu haben. Sein Käthchen sagte bei solcher Gelegenheit: „Du wirst nie erwachsen." Sie mochte diese Wesensart an ihm aber sehr.

Berthold folgte mit seiner Cheftasse: „Was machst du denn heute mit deinen Schäfchen?" „Der Alte liegt flach, da machen wir heute Innendienst. Das ist für dich auch angebracht, du musst deine letzten Fälle noch für die Akten und den Staatsanwalt dokumentieren. Für den Rest der Belegschaft gibt es ausreichend Beschäftigung."

Jürgen war Bertholds guter Freund, von dem er sich schon manchen brauchbaren Rat geholt hatte. Er war mit seiner Frau gern gesehener Gast bei seiner Hochzeit gewesen und Pate von Sohn Ronald geworden. „Wie geht es zu Hause?", fragte Jürgen. „Alles in Ordnung. Dann will ich die Tasse zurückbringen und mich an die Arbeit machen." Berthold verschwand Richtung Sekretariat und in sein bescheidenes Büro.

0 4
VERMISST

In der Angst wird dem Menschen seine Freiheit bewusst.
Jean-Paul Sartre (1905-1980)

Polizei Wachtmeister Ludwig Ahrens machte seinen gewohnten morgendlichen Kontrollgang durch die Innenstadt. Er kam vom Theaterplatz zum Seltersweg und bog am Selterstor dann in die Westanlage ein.

An der Kreuzung mit der Bahnhofstraße wandte er sich nach links Richtung Bahnhof. Die Anwohner kannten und grüßten ihn. Einige ließen sich die Zeit für ein kurzes Schwätzchen. „Wie geht's, Herr Ahrens? Heute schon Diebe und Mörder gefangen?" Er ließ sich oft auf einen kleinen Scherz ein, wie „Noch nicht, aber ich habe Sie im Verdacht, junge Frau, und werde die Augen offenhalten!", was mit Gelächter quittiert wurde.

Vor einem Haus in der Bahnhofstraße fiel ihm ein dunkler Fleck am Rand des Bürgersteigs auf. Sein geschultes Auge erkannte das als recht großen Blutfleck.

Misstrauisch geworden, beschloss er der Sache auf den Grund zu gehen.

Er klingelte in dem Haus, dem Bewohner des Erdgeschosses war nichts weiter aufgefallen und er verwies ihn an Frau Schmidt im ersten Stock. Die blickte ihn erschrocken an: „Das wird doch wohl nicht von meinem Mieter sein?" Sie erzählte ihm die Geschichte von dem Mieter Berger, der nicht wieder erschienen war und nach dem sich ein Mann mit einem Motorrad erkundigt hatte.

Wachtmeister Ahrens konnte sich keinen Reim auf das Geschehen machen, er schrieb einige Stichworte in sein Notizbuch, bedankte sich bei Frau Schmidt und setzte seine Runde fort. In seinem Revier lag keine Vermisstenmeldung vor, auch ein Unfall war nicht gemeldet worden. Er telefonierte Sicherheit halber mit dem Kriminalkommissariat, wo aber auch nichts bekannt war. Er hatte dort mit Kriminalkommissar Reinshagen gesprochen, der sich einen Eintrag in sein Tagebuch machte.

Der Vorsitzende der Linken in Busdorf wartete einen Tag und noch einen Tag, keine Nachricht von dem verschwundenen Genossen Berger. Er fuhr noch einmal zu seiner Vermieterin, auch die hatte nichts von ihm gehört.

Aber eine Neuigkeit hatte sie, die Polizei war da gewesen. Sie berichtete von dem Blutfleck und dem Besuch des Wachtmeisters. Sie fragte nach seinem Namen, weil sie Vorkommnisse in diesem Zusammenhang auf dem Revier melden sollte. Er wich aus und sagte: „Ich fahre jetzt direkt zu dem Revier und berichte über die Zusammenhänge. Vielen Dank, Frau Schmidt und auf Wiedersehen."

Frau Schmidt ließ ihn wortlos ziehen und er besah sich den Fleck, der nur noch schwach zu erkennen war. Dann setzte er sich aufs Motorrad und brauste davon, aber bewusst in die entgegengesetzte Richtung seiner Heimatgemeinde. Er dachte nicht daran zur Polizei zu gehen, das wollte wohl überlegt sein.

Bauer Friedhelm Lenk machte sich an die Bestellung seiner Felder, er wollte zwei Schläge ackern, eggen und auf einem Schlag Hafer und auf dem anderen Sommerweizen aussäen. Er lud den Pflug vom Wagen und spannte die Pferde davor. Hund Hasso sprang übermütig um ihm herum und die Pferde schnaubten unruhig.

Nach den ersten Runden mit dem Pflug ging der Hund auf Entdeckungstour. Er rannte am Feldrain entlang und hatte offenbar eine Fährte aufgenommen. Friedhelm pfiff und er kam zurück, um aber gleich darauf wieder die Umgebung zu erkunden.

Dieses Mal wedelte er um das Blockhaus am jenseitigen Feldrand herum und blieb bellend vor der Tür stehen. „Weg da von Bertes Kate, da ist nichts drin", rief sein Herrchen und pfiff wieder nach ihm. Vergebens, der Hund hörte nicht, stand weiter bellend vor der Kate.

Bauer Lenk gönnte nach einigen weiteren Runden um den Acker seinen Pferden eine Ruhepause und ging zu der Kate. Der Hund war nicht zu beruhigen. Lenk ging um die Kate, keine Möglichkeit hineinzusehen. Die Fenster waren von innen mit Holzplatten verschalt. Er entdeckte schließlich eine Ritze, konnte aber in dem dunklen Innenraum kaum etwas erkennen. Aber auf dem Boden lag ein länglicher Körper: „Das wird doch kein Mensch sein?", fragte er sich.

Er nahm den Hund und band ihn mit einer Leine am Wagen fest. Dann machte sich wieder an seine Arbeit. Er beschloss seine Beobachtung einfach bei der Polizei zu melden, sollten die sich drum kümmern, er musste sich keine Gedanken machen. Wo die Witwe Gebert inzwischen wohnte, wusste er nicht.

0 5
BERTHOLD ÜBERNIMMT

Die Zeit ist das,
was geschieht,
wenn nichts geschieht.
Richard Feymann (1918-1988)

Vor dem Revier in der Rodheimer Straße hielt er sein Gespann an und machte seine Meldung, die von einem anwesenden Beamten protokolliert wurde. Er gab seinen Namen und die Anschrift an und verabschiedete sich eilends, sein Gespann wurde unruhig.

Am nächsten Morgen machte Polizeimeister Ahrens seine Meldung beim Revierleiter. Der hatte den Kopf voll mit der alltäglichen Routinearbeit und entschied kurz und bündig: „Da kann ein Kapitalverbrechen dahinterstecken, melden Sie das beim Bezirkskriminalamt zur weiteren Bearbeitung. Machen Sie eine Notiz mit wem Sie dort gesprochen haben."

Bei seinem Anruf am Mittwochvormittag wurde er von der Sekretärin mit dem stellvertretenden Amtsleiter Kommissar Reinshagen verbunden. Er wiederholte die Meldung des Bauern Lenk, erwähnte auch die Witwe Berte Gebert als Eigentümerin der Kate und beschrieb deren Lage in der Feldflur. Jürgen bestätigte den Erhalt der Meldung: „Wir kümmern uns darum."

„Wäre doch ein guter Einstieg für Loheim", dachte er. Gregor Loheim war ein 23-jähriger Kriminalassistent, der kürzlich von der Schutzpolizei zum Kriminalkommissariat überstellt worden war. Er ging zu ihm ins Büro und gab ihm folgenden Auftrag: „Herr Loheim, fahren Sie zum Polizeirevier in der Rodheimer Straße und lassen Sie sich alle Details zu dem Vorfall geben, der gestern von einem Friedhelm Lenk dort beschrieben wurde. Es handelt sich um eine ungeklärte Feststellung an einer Blockhütte, die einer Frau Berte Gebert gehört. Anschließend fahren Sie zu Frau Gebert und lassen sich den Schlüssel für die Kate geben. Deren Adresse müssen sie jetzt erst noch ermitteln. Dann bitte Meldung bei mir."

„Welchen Wagen soll ich nehmen?", fragte Loheim. „Nehmen Sie das Fahrrad, zum Revier ist es nicht so weit und die Frau wohnt in Gießen." Loheim nickte und holte sich ein Einwohnerverzeichnis bei der Sekretärin.

„Wir sind früher sogar über Land mit dem Fahrrad gefahren", dachte Reinshagen und machte einen kurzen Besuch bei seinem Freund Berthold. „Der Alte ist immer noch nicht da, muss doch was Ernstes sein, ich kann mich nicht entsinnen, dass er je krank war." Berthold nickte zustimmend: „Nur zu spät kam er schon Mal nach einem Kegelabend."

Jürgen Reinshagen informierte ihn über den Auftrag, den er Gregor Loheim gegeben hatte. „Wenn er zurückkommt, fährst du mit ihm zur Blockhütte und siehst nach dem Rechten. Der Bauer, der den Fall gemeldet hat, meint da könnte ein Leichnam liegen, war sich aber nicht sicher." Berthold war´s recht, es war halt ein Auftrag seines Chefs.

Auf dem Flur kam Jürgen Gregor Loheim mit dem dicken Einwohnerverzeichnis entgegen: „Es gibt nur eine Frau Gebert in Gießen, die wohnt in der Göbelstraße, Herr Reinshagen." Jürgen nickte: „Da fahren Sie hin."

Im Polizeirevier war der Polizeimeister Ahrens nicht da, er ging auf Streife. Der Revierleiter erläuterte ihm anhand seiner schriftlichen Notiz den gemeldeten Vorfall, das wusste er alles schon von Jürgen Reinshagen. Er bedankte sich und radelte Richtung Göbelstraße.

Das Haus war schnell gefunden Frau Berte Gebert wohnte im ersten Stock und öffnete auf sein Klingeln. Er stellte sich vor, sie bat ihn in ihr Wohnzimmer. Gregor staunte, er hatte eine ältere Frau erwartet, eine ehemalige Bäuerin, aber weit gefehlt. Ihm saß eine jugendlich wirkende Frau gegenüber, schick angezogen, die ihn erwartungsvoll ansah. Er schätzte ihr Alter auf 45, lag damit aber völlig falsch, sie war 55. Männer, besonders junge Männer, haben eben keine Ahnung von Frauen.

Frau Gebert hatte ihr Leben nach dem Tod ihres Mannes und dem Verschwinden des Sohnes geändert, früher war Arbeit und die Sorge um die Familie ihr tägliches Einerlei gewesen, jetzt war sie selbst an der Reihe, wie sie es ausdrückte. Gerade hatte sich nämlich ausgehfertig gemacht zum Besuch bei ihrer Freundin, mit der sie einen Bummel durch Gießen machen wollte. Sie freute sich über den Besuch des frischen jungen Mannes und war neugierig, was sein Anliegen war. Solchen Besuch wünschte sie sich öfter.

Gregor Loheim erklärt ihr den Grund seines Kommens: „Frau Gebert, Sie haben ein Blockhaus in der Feldmark Richtung Hedenheim." „Ja, aber das stimmt nicht ganz. Ich habe die Kate und die umliegenden Felder meinem Sohn als Erbe übergeben. Aber jetzt bekommen Sie erst mal einen Kaffee." Und schon war sie auf dem Weg zu Küche. Er sah ihr nach und war beeindruckt, früher hätte er gesagt `tolles Weib`, jetzt im Dienst war das nicht angebracht.

„Bitte Frau Gebert, keinen Kaffee, ich habe gerade im Büro Kaffee getrunken." Das stimmte nicht, aber er wollte weg, hier wurde ihm angst und bange. „Könnten Sie mir leihweise einen Schlüssel zu der Kate geben, wir müssen Im Innern einem Verdachtsfall nachgehen." „Wie Sie wünschen", sie war enttäuscht. „Ich habe die Schlüssel meinem Sohn Hans übergeben und habe keinen mehr. Was ist denn mit der Kate, die steht doch seit einigen Jahren leer?"

„Das ist eine laufende kriminalistische Untersuchung, ich bin zum Schweigen verpflichtet." Sie rückte auf dem Sofa ein Stückchen näher an ihn heran und drückte seine Hand mit ihren Händen: „Kein Mensch erfährt etwas von mir", sagte sie, was sie auch einhalten würde, nur ihre Freundin, die musste natürlich informiert werden. Weibliche Neugierde drückt und quält ja so sehr. „Sie brauchen keine Bedenken zu haben, Sie sind völlig unbeteiligt. Wo kann ich Ihren Sohn erreichen?"

Das war ein wunder Punkt in ihrem Leben: „Ich weiß es nicht, er ist vor zwei Jahren hier ausgezogen und wollte auswärts eine gut bezahlte Arbeit suchen, oder auswandern und sich wieder bei mir melden, was er bis zum heutigen Tag nicht getan hat." „Hatte er Freunde, bei denen ich nachfragen könnte?" „Bei seinem Schulkollegen in

Rodheim könnten Sie nachfragen. Ein enger Schulfreund von ihm war Ewald Feick." Er stand auf: „Danke Frau Gebert für die Auskünfte, ich möchte mich verabschieden. „Bitte besuchen Sie mich wieder, ich bin gespannt, was Sie ermitteln können." „Hoffentlich kommt der mal wieder", dachte sie.

Auf der Straße atmete er tief aus. „Diese Frau, ich werde sie wieder besuchen, dann bin ich gewappnet", dachte er. Sein Bericht bei Jürgen Reinshagen war für diesen völlig unbefriedigend. Er rief Berthold Hermann und informierte ihn über den Sachstand. „Wir müssen das Schloss zur Kate aufbrechen. Es sollte keine Zeit vergehen. Ich übergebe dir den Fall. Fahre mit dem Kollegen Loheim hin und untersucht das Innere der Kate."

06
DER ALTE

Auch im Alter muss man sich die Freude an der Arbeit erhalten!

Anne Ehlers

Das Schloss an der Tür der Kate war schnell geöffnet, es war ein einfaches Kastenschloss und mit dem mitgebrachten Dietrich kein Problem für Berthold. Zu dem, ob solcher Handfertigkeit, staunenden Kollegen Gregor Loheim sagte er grinsend: „Übung macht den Meister, mein Vater war Geldschrankknacker. Du kannst du zu mir sagen, ich bin Berthold." „Gerne, Gregor".

Das Innere der Kate bot dann eine grausige Entdeckung: Auf dem Fußboden brütete heimlicher Mord, da lag ein menschlicher Leichnam. Gregor entfernte die Holzbretter vor den beiden Fenstern. Ein Toter, der offensichtlich erschossen wurde. Eine Schusswunde war über dem rechten Auge sichtbar. Berthold machte mit der

Leica je eine Aufnahme des Leichnams und außen von der Kate.

„Wir fahren zum Polizeirevier, die müssen hier absperren und dafür sorgen, dass die Leiche ins Präsidium zur Pathologie gebracht wird." Berthold untersuchte die Kleidung des Toten, fand aber nichts an persönlichen Sachen oder Ausweispapieren.

Im Inneren der Kate lag nur Gerümpel, morsche Bretter, einige vergammelte Rüben und ein blauer alter Kittel, wie ihn die Landbevölkerung bei der Arbeit trug. An der Decke hing eine Stalllaterne ohne Petroleum. Er riss einen Zettel aus seinem Notizbuch, schrieb darauf „Mordfall Kate Feldmark Hedenheim" und seinen Namen mit der Anschrift des Kommissariats und befestigte ihn an der Kleidung des Leichnams.

Im Polizeirevier klärte er mit dem Revierleiter die Aufgabenstellung. „Der Kollege Loheim fährt mit einem Ihrer Beamten zurück zu der Kate. Bitte stellen Sie ihm ein Fahrrad zur Verfügung. Ich schicke einen Kollegen vom Kommissariat zur Spurensicherung und einen Bestatter, welcher den Leichnam in die Pathologie im Präsidium bringen soll."

Zu Gregor sagte er: „Du kannst dann mit dem Kollegen zurück zum Kommissariat fahren. Vielleicht kommt Jürgen Reinshagen selbst. Augen auf, möglich, dass du noch etwas Wichtiges feststellen kannst."

Im Kommissariat empfing ihn Frau Blum mit einer Überraschung: „Herr Kriminalrat Weber ist da, du sollst dich bei ihm melden." Berthold dachte: „Da hat sich der Alte wieder aufgerappelt, ist zu seinem geliebten Büro zurückgekehrt." Er sah aber erst kurz in Jürgen Reinshagens Büro, der mit dem Zeigefinger in Richtung Chefbüro deutete und mit ihm zusammen dort eintrat.

Auf dem Schreibtisch stand eine Teekanne, es roch nach einem Gesundheitstee. Nach der bei ihm üblichen kurzen Begrüßung sagte er: „Bevor Sie fragen, mir geht es gut, der Doktor hat mir Zigarren und Kaffee verboten, das ist natürlich hart, aber ich werde es überstehen. Was macht Ihr neuer Fall, von dem Ihr Kollege mir berichtet hat."

„Wir haben einen männlichen Leichnam gefunden mit einer Schusswunde im Gesicht, aber keine persönlichen Papiere, Geld oder Sonstiges. Ein Beamter vom Revier Rodheimer Straße ist mit Gregor Loheim vor Ort, ich will jetzt einen Bestatter beauftragen, der die Leiche in die Pathologie bringen soll. Wir müssen noch einmal hin und Spuren sichern, vielleicht finden wir Abdrücke am Kastenschloss der Hütte."

Der Alte war sichtlich zufrieden mit Bertholds bisheriger Arbeit, ein Ergebnis konnte man noch nicht erwarten. „Herr Reinshagen übernehmen Sie das dieses Mal bitte, muss ja alles schnell gehen. Hermann beschreibt Ihnen den Weg. Danke meine Herren."

„Der braucht noch Schonung", sagte Berthold auf dem Flur leise zum Kollegen, „sicher widmet er sich jetzt wieder seinem Gesundheitstrank." Er rief den Bestatter an und beschrieb ihm den Weg. Er wollte sogleich kommen.

Als Reinshagen an seinem Büro vorüber kam, rief er ihm zu: „Jürgen, ich fahre mit." „Davon hat der Alte aber nichts gesagt." „Egal, fahr los, dann brauche ich dir den Weg nicht zu beschreiben."

An der Kate hatte Gregor Loheim zusammen mit dem Polizisten die Hütte durch rot-weißes Band abgesperrt. Gregor hatte noch einmal alles gründlich durchgesehen, aber nichts Neues entdeckt. Der Bestatter kam fast gleichzeitig mit den beiden Kriminalisten an. Der

Leichnam wurde auf dessen Fahrzeug geladen und abtransportiert.

0 7
EINE ERSTE SPUR

In den Wald will ich gehen,
um mein Recht zu suchen.
Der Wind ist mein Kleid…und der Regen mein Trank.

Chinesische Ballade

Am darauffolgenden Montag kam Post von der Pathologie an die Adresse Berthold Hermann. Darin wurde eine Fülle von Details zu dem Mordopfer angegeben, wie wahrscheinliches Alter, Größe, Gewicht, Todesursache. Für die Ermittler interessant war, dass der Tod durch einen Pistolenschuss Kaliber 6,35 aus nächster Nähe zu dem Opfer erfolgt war. Außerdem war festgestellt worden, dass der Tote auf dem rechten Unterarm eine Tätowierung eines Dolches mit den wahrscheinlich kyrillischen Buchstaben K und O hatte. In dem O war ein senkrechter Strich durch die Mitte angedeutet, was im kyrillischen Alphabet ein F war. Und schließlich bei

Anlieferung in die Pathologie war das Mordopfer bereits 4 bis 5 Tage tot.

Eine ganze Menge von Feststellungen, welche zu bedenken und auszuwerten waren. Nicht zu vergessen den Namen des Opfers „Berger", den der Wachtmeister Ahrens von der Vermieterin Frau Schmidt erfahren hatte. Er informierte den Kriminalrat, der zufrieden seine bisherige Arbeit abnickte.

Berthold schlug im Lexikon nach wegen der Buchstaben K und O mit Längsstrich. Ergebnis, das waren die Buchstaben K und F im kyrillischen Alphabet und waren die Kürzel für „Krasnyy Front", übersetzt Rot Front. Er informierte den Kriminalrat.

„Das könnte ein politisch motivierter Mord sein, dem ein Agitator zum Opfer gefallen ist. Da der Mord nach Feststellung der Pathologie eine knappe Woche zurückliegt, informieren Sie sich, wo am letzten Wochenende eine Parteiversammlung der Linken stattgefunden hat. Da treten diese Herren gewöhnlich auf und sprechen Sie mit dem Veranstalter. Vielleicht bringt uns das einen Schritt weiter."

Berthold telefonierte Gießen und die Gemeinden rundum bei den bekannten Parteizentralen ab, zunächst ohne Erfolg. Da auf den Dörfern der Platz in deren Räumen begrenzt war, versuchte er es bei den dörflichen Gasthäusern.

In Busdorf im Goldenen Hahn wurde er dann fündig. Der Wirt bestätigte ihm am Telefon eine Parteiversammlung der Linken am vergangenen Samstag, näheres könnte er sicher vom Vorsitzenden Wilhelm Sperl erfahren. Berthold fuhr nach Busdorf, wo er um die Mittagszeit ankam. Er genoss die Fahrt, das beginnende Grün der Bäume und die aufgehende Saat der Felder waren Labsal für die strapazierten Nerven des Kriminalisten. Es machte Spaß mit dem kleinen Auto-Union Wagen gemütlich durch die Landschaft zu fahren, als die Fahrradpedalen zu treten in der leicht hügeligen Landschaft.

Die Gaststätte war schnell gefunden. Der Wirt zeigte ihm das zwei Häuser weiter liegende Haus des Vorsitzenden der Partei. Er war Inhaber einer kleinen Tischlerei, Berthold traf ihn an. Er stellte sich vor und bat ihn einige Fragen, die einen Kriminalfall betrafen, zu beantworten. Sperl setzte sich mit ihm an einen Tisch vor dem Haus, die Familie und sein Geselle sollten nichts von der Fragerei hören, es konnte ja etwas Belastendes für ihn oder die Partei sein.

„Herr Sperl es geht um einen Mord in der Gießener Feldmark. Das Mordopfer könnte ein Herr Berger sein, dessen Leichnam wir in einer Blockhütte nahe Gießen gefunden haben." Sperl erschrak und Berthold fuhr fort: „Den Namen haben wir von seiner Vermieterin, mehr wissen wir nicht. Auf Sie und Ihre Partei kamen wir, weil der Ermordete Ausländer, wahrscheinlich Russe, sein könnte. Darauf deutet eine Tätowierung auf dem rechten Arm hin mit den kyrillischen Buchstaben F und O mit senkrechtem Strich.

Das sind im sowjetischen Sprachgebrauch die Abkürzung für Krasnyy Front, zu Deutsch Rot-Front, einem Schlagwort der russischen Revolution, wie Sie sicher wissen. Es könnte sein, dass er als Redner zu Ihrer Veranstaltung angereist ist. Wir möchten Sie bitten den Ermordeten zu identifizieren, dazu würde ich mit Ihnen zur Pathologie nach Gießen fahren. Können Sie uns weiterhelfen bei unseren Bemühungen zur Aufklärung des Verbrechens?"

„Da haben wir den Salat", dachte Sperl, „der arme Ilja und wir haben nicht aufgepasst." Er brauchte einen Augenblick, um sich zu fassen, dann antwortete er: „Sie haben ausnahmsweise richtig vermutet, er hat auf unserer Versammlung eine Rede gehalten. Dass er Sowjet Bürger ist, kann ich nicht bestätigen, er hat sich als aus Berlin kommend vorgestellt" Er lachte: „Das ´ausnahmsweise´ war nicht so ernst gemeint."

„Das ist natürlich eine enorm wichtige Aussage für uns. Wenn Sie ihn identifiziert haben, wissen wir mit wem wir es zu tun haben und können weiter nachforschen." „Das wird schwer werden, wir wissen wenig über ihn."

Berthold Hermann versuchte es weiter: „Geschah etwas Ungewöhnliches auf der Versammlung, was war danach, wer waren die Besucher?" „Jeder Besucher wurde in eine Liste eingetragen, alle waren Parteimitglieder. Ich zeige Ihnen die Liste." Er ging ins Haus und kam mit einem Schnellhefter wieder zurück, den er Berthold gab. Auf zwei Seiten war die Rede handschriftlich protokolliert. Nicht vollständig, sondern in Stichworten. Der Protokoll führende war kein Stenograph, das konnte man sehen.

Die nächsten beiden Seiten waren die Anwesenheitsliste. Name, Vorname, Mitgliedsnummer der Partei waren eingetragen. Bei einem Besucher fehlte diese Nummer. Berthold machte Sperl darauf aufmerksam, der nichts davon wusste. „Wir hatten zwei Türsteher, die jeden kontrolliert haben. Einer davon, der Fritz Mahr, sitzt gerade drinnen am Mittagstisch, den können Sie befragen. Er arbeitet bei mir als Tischler."

Ein kräftiger junger Mann erschien nach Zuruf von seinem Chef. „Fritz, das ist Herr Hermann von der Kripo wegen einiger Auskünfte zu unserer Versammlung. Da ist einer ohne Mitgliedsausweis auf der Liste, davon wusste ich nichts." „Ich erinnere mich. Der kam und sagte, er wollte unsere Meinung zu den Hetzreden der Rechten Lügner hören, hatte keinen Ausweis mit, gab aber seinen Namen und Wohnort Gießen an. Da war so viel Betrieb, wir haben ihn durchgelassen."

„Können Sie ihn beschreiben?" Mahr zuckte mit den Schultern: „Da gibt es nicht viel zu beschreiben, er war mittelgroß, etwa 35 Jahre alt, dunkles Haar und sah stinknormal aus." Kommissar Hermann bedankte sich und Fritz Mahr kehrte zurück zu seinem Mittagessen.

„Herr Sperl, was geschah nach der Versammlung?" „Wir haben noch ein Bier zusammen getrunken, dann habe ich den Redner mit meinem Motorrad etwa um halb 11 nach Gießen in die Bahnhofstraße zu seinem Quartier gefahren." „Dort haben wir mit seiner Vermieterin gesprochen", sagte Berthold. „Wie haben die das so schnell rausgekriegt?", fragte sich Wilhelm Sperl.

„Wie sieht es aus, können Sie jetzt mit mir zur Pathologie fahren?" Sperl nickte: „Ich will alles zur Klärung des Verbrechens beitragen, was mir möglich ist."

0 8
DIE RACHE

Sei friedlich, sich nicht rächen kann auch eine Rache sein.
Danny Kaye (1911-1987)

Der Besuch in der Pathologie war schnell erledigt. „Das war der Redner auf unserer Versammlung, kein Zweifel", Wilhelm Sperl war sich sicher, aber gleichzeitig wütend und empört über das Verbrechen. Berthold Hermann drückte sein Bedauern aus und brachte ihn zurück nach Busdorf. „Gibt es Angehörige, die wir benachrichtigen können?", fragte er.

„Das weiß ich nicht", entgegnete Sperl, „ich habe keine Adresse von ihm." „Also ein Fall für eine anonyme Grabstelle", dachte Berthold.

Wilhelm Sperl hatte den Auftrag für Türen und Fenster für einen Neubau in Busdorf. Er stürzte sich in die Arbeit. Sein Geselle fragte: „Was ist passiert, weshalb kam der

Kriminaler?" Sperl zögerte einen Augenblick, dann erzählte er die ganze Geschichte.

Mahr war fassungslos: „Das waren doch diese Schweine von den Rechtsradikalen, wir sollten denen zeigen, dass wir keine wehrlosen Feiglinge sind." Sein Chef nickte: „Ilja hat mir zwei Liebesperlen übergeben, die könnten wir hier einsetzen." Mit Liebesperlen meinte er Eierhandgranaten sowjetischer Fabrikation.

Die Gelegenheit kam schon bald. Für Mittwoch hatte die Rechtsradikalen im Landkreis in ihren Räumen eine Besprechung mit den engsten Mitarbeitern angesetzt. Durch ihren streng geheimen Nachrichtendienst hatten die Linken davon erfahren und diese Nachricht auch an Wilhelm Sperl weitergegeben.

Bei der Besprechung sollte es um weitere Maßnahmen gegen die „Roten" gehen. Die machen sich zu breit, war die allgemeine Meinung unter seinen Parteigenossen. Jung wollte Albrecht Weiß auch ein Lob aussprechen für die erfolgreiche Durchführung einer Aktion in der vergangenen Woche, ohne auf Einzelheiten einzugehen.

Die Besprechung war für 20:00 Uhr angesetzt. Bei Einbruch der Dunkelheit fuhr ein Motorrad mit einem zweiten Mann auf Sozius an dem Haus vorbei, einige Passanten waren auf dem Bürgersteig und das Motorrad fuhr langsam weiter. Das wiederholte sich noch zwei Mal, bis beim dritten Mal die Straße menschenleer war.

Das Motorrad fuhr langsam heran und am Haus warfen erst der Fahrer und fast zeitgleich der Beifahrer je einen faustgroßen Gegenstand durch das Fenster des hell erleuchteten Sitzungsraumes. Glas splitterte und das Motorrad verschwand mit erhöhter Geschwindigkeit.

Sekunden später erschütterten kurz hintereinander zwei Explosionen die abendliche Ruhe. Ein Brand flackerte auf und Schreie von Verletzten waren vernehmbar. Kurz darauf Polizei- und Feuerwehrsirenen. Was war geschehen?

Zwei Handgranaten waren im Sitzungsraum explodiert und hatten einen Brand entfacht, der jedoch schnell gelöscht werden konnte. Es gab Verletze, zwei Teilnehmer der Besprechung hatten Verletzungen an den Beinen, einer Splitter im Rücken. Sonst waren die Folgen des Anschlags glimpflich abgelaufen, die im Raum stehenden Tische hatten die Splitterwirkung, der auf dem Boden explodierenden Granaten, gedämpft. Am Mobiliar war allerdings erheblicher Schaden entstanden, die Hälfte der Stühle und Tische musste wohl erneuert werden.

Die Polizei sperrte ab und ließ eine Nachtwache zurück. Der Einsatzleiter nahm ein Protokoll auf und würde den Vorfall am nächsten Vormittag der Kripo übergeben.

Konrad Jung, der Leiter der Versammlung, bebte vor Wut über die verdammten Roten, nur die konnten das gewesen sein. Aber immerhin waren er und auch Klaus Krenz, mein Klaus, wie er ihn nannte, unbeschadet davongekommen.

0 9
AUFGABENTEILUNG

Durch die Gasse der Vorurteile,
muss die Wahrheit ständig Spießruten laufen.
Indira Gandhi (1917-1984)

Die Nachricht von dem Anschlag traf am folgenden Morgen bei Kriminalrat Weber ein. Der entschied sofort, dass Kommissar Hermann den Fall bearbeiten sollte. Irgendwie passte das zu dem Fall, welcher die Ermordung des Redners Berger betraf.

Berthold zog sich in sein Büro zurück, welches er mit Kriminalassistent Loheim teilte. Er musste erst einmal seine Gedanken sortieren und sich geeignete Maßnahmen überlegen, um weiterzukommen.

„Ich werde den Loheim einspannen", dachte er. Der saß ihm gegenüber: „Gregor, zwei Aufgaben habe ich für dich. Erstens besuche nochmal die Vermieterin Frau Schmidt in der Bahnhof Straße. Sieh dir das Zimmer von

Berger an und die Sachen, welche er im Zimmer gelassen hat. Wenn etwas Wichtiges dabei ist, bitte mitbringen.

Dann musst du den Freund vom Sohn der Witwe Gebert ausfindig machen, einen Ewald Feick, wahrscheinlich aus Rodheim. Falls du nähere Angaben brauchst, weißt du ja, wo die Frau Gebert wohnt."

Gregor nickte: „Ich mache mich sofort auf den Weg." „Zu der Frau wollte ich sowieso noch einmal hin", dachte er. Berthold fuhr mit dem Rad zur Stelle des Anschlags. Dort traf er die beiden Beamten der Spurensicherung, welche der Kriminalrat schon hingeschickt hatte. „Wir haben nichts Besonderes gefunden, alles ist demoliert. Nur eine Abzugsvorrichtung von einer der beiden Handgranaten lag hier in der Ecke. Da steht etwas drauf, könnten russische Buchstaben sein." Der Kollege zeigte ihm den Stift, der in einer Bohrung steckte. Am Rand der Bohrung waren die Buchstaben „TRra" erkennbar.

Sie durchsuchten noch einmal den Raum, ohne etwas zu entdecken. Der Vorsitzend Konrad Jung erschien mit einigen seiner Anhänger, alle in Uniform. Berthold stellte sich vor: „Herr Jung, ich bin mit den Ermittlungen seitens der Kripo beauftragt. Die Polizei hat gestern ein Protokoll erstellt, welches Sie unterschrieben haben. Können Sie dazu noch etwas ergänzendes sagen?"

„Nein! Nur, dass es mit Sicherheit die Roten waren, die hier gewütet haben. Ich habe Helfer mitgebracht. Wir werden hier einen Wachdienst einrichten und unser Recht suchen." Jede Diskussion wäre zwecklos gewesen, Berthold verabschiedete sich.

Er schwang sich auf sein Rad und fuhr zum Präsidium. Dort gab es einen sprachkundigen Mitarbeiter, dem er das von einer Handgranate abgesprengte Teil mit den eingeprägten Buchstaben vorlegte. Der hatte auch eine

Antwort parat: „Das könnte die Abkürzung für `risovat`
sein, übersetzt aus dem Russischen bedeutet das `ziehen`.
Es sind kyrillische Buchstaben, das große R und das a sind
spiegelbildlich dargestellt das ist richtig entsprechend dem
kyrillischen Alphabet." Hermann bedankte sich, die
Auskunft genügte ihm. Das war der Hinweis für den
Benutzer den Sicherungsstift zu ziehen bei dieser
russischen Handgranate. Das passte zu der Tätowierung
auf dem Arm des Mordopfers, beides wies auf
sowjetischen Ursprung hin und damit auf eine
Racheaktion der linken Sympathisanten für die
Ermordung ihres Redners. Ob dieser allerdings von der
politischen Rechten umgebracht wurde, dafür fehlte bisher
jeder Hinweis.

Kriminalassistent Gregor Loheim hatte seine
umfangreichen Tagesaufgaben bei Frau Schmidt in der
Bahnhofstraße begonnen. Erst einmal jagte er der guten
Frau einen gehörigen Schreck ein, dass schon wieder ein
Polizist bei ihr erschien. Sie sahen sich noch einmal in dem
damaligen Zimmer des Berger um, aber da war nichts
Auffälliges zu entdecken.

Frau Schmidt hatte aufgeräumt und sauber gemacht,
außerdem war inzwischen ein weiterer Übernachtungsgast
da gewesen. Auch konnte Frau Schmidt keinen Hinweis
auf einen Schlüssel eines Schließfachs geben. Kommissar
Hermann vermutete, dass Berger einen Koffer in einem
Schließfach deponiert hatte, dessen Inhalt weitere
Hinweise gegeben hätte. Er musste noch einige neugierige,
besorgte Fragen beantworten, dann verabschiedete er sich
von Frau Schmidt

Nächstes Ziel war die Witwe Gebert, die er auch antraf,
aber nicht schick gemacht für einen Bummel mit Freundin,

sondern mit Schürze und Turban bei der Hausarbeit. Strahlend empfing sie ihn, wurden da Träume für sie wahr?

„Entschuldigen Sie, Frau Gebert, dass ich unangemeldet hier auftauche…", weiter kam er nicht. „Aber das macht doch nichts, ich freue mich". Sie war so nah an ihn herangerückt, dass er nicht anders konnte. Er umarmte und drückte sie fest an sich. Dabei dachte er mit Herzklopfen: „Welche Abenteuer doch ein Kriminaler zu bestehen hat." Es lief ihm heiß und kalt über den Rücken, ein begehrenswertes Weib, auch oder besonders für einen Jungspund wie ihn.

Heute lehnte er den Kaffee nicht ab, sondern genoss ihn zusammen mit ihr auf dem Sofa. Dort übernahm sie das Kommando, rückte an ihn heran und schmuste ausgiebig mit ihm. „Wir machen es uns etwas gemütlicher", sagte sie und zog die Vorhänge zu. „So kann er die nicht mehr ganz jugendlichen Rundungen an meinem Körper nicht mehr sehen", dachte sie. Im Halbdunkel verschwand sie im Bad und kam mit einem Umhang bekleidet zurück auf das Sofa.

Schon bei seinen ersten zaghaften Erkundungen ihres Körpers bemerkte er, dass der Umhang ihr einziges Kleidungsstück war. Er nahm die Rundungen, welche sie durch das Halbdunkel verdecken wollte, als durchaus angenehm wahr. Seine Stimmung steigerte sich zur Gier nach ihr. Sie löste seinen Gürtel, er streifte Schuhe und Hosen ab und viel zu hastig nach ihrem Geschmack machte er sich an die Eroberung ihres herrlichen Frauenkörpers. Als sie ermattet nebeneinander lagen, sagte sie: „Das nächste Mal lässt du dir etwas mehr Zeit und ziehst auch Hemd und Socken aus." Lachend versprach er es.

Als er nach einer knappen Stunde das Haus verließ, hatten sie einen nächsten Besuch fest verabredet. Er fragte sich leicht schuldbewusst: „War das jetzt Arbeit oder Vergnügen? Egal, es war jedenfalls ein köstliches Liebesabenteuer und dazu noch eine vom Staat bezahlte Stunde." Er war aber nicht viel schlauer, was seine eigentliche Aufgabe betraf. Sie hatte ihm eine Adresse in Rodheim genannt, aber ob der Freund ihres Sohnes noch dort wohnte, wusste sie nicht.

Rodheim, eine leblose ländliche Ortschaft, die Einwohner gingen an den verschiedensten Stellen ihrer Arbeit nach. Ewald Feick wohnte nicht mehr dort, wie er von einem dickbäuchigen Bauern erfuhr, doch er war ihm bekannt. Er meinte: „Der wohnt jetzt in der Stadt." Er radelte zurück zum Kommissariat, Bäume standen noch nackt am Straßenrand, Sonnenschein, Windstille, ideales Wetter für einen Radler. Seine Gedanken schweiften ab zu Berte. „Jetzt nenne ich sie schon Berte", dachte er. Dabei hatte er ein schlechtes Gewissen, noch mehr Gutes durfte er heute und in den nächsten Tagen nicht in Anspruch nehmen, das würde ihm Unglück bringen, so eine alte Weisheit seiner Oma.

Im Kommissariat holte ihn der Alltag ein. Er brachte ein Einwohnerverzeichnis von Frau Blum mit ins Büro. „Der Freund von Hans Gebert wohnt nicht mehr in Rodheim. Die jetzigen Bewohner des Hauses meinen, er wäre nach der Stadt umgezogen." Die Adresse war schnell gefunden, der junge Mann wohnte in Gießen. „Den kannst du erst nach Feierabend aufsuchen, jetzt ist der bestimmt nicht zu Hause"; meinte Berthold.

So geschah es dann auch. Gregor Loheim traf einen freundlichen etwa 25-jährigen Mann an, dem er sich als Kriminalbeamter vorstellte. Ewald Feick war Junggeselle und arbeitete als Verkäufer in einem Werkzeugladen. An seinen Schulfreund Hans Gebert erinnerte er sich deutlich.

Aber auch an seine schicke Mutter, die nicht nur ihren Sohn, sondern auch ihn, seinen Freund, liebevoll in den Arm genommen hatte. Gregor erinnerte sich ebenfalls!

Ewald Feick berichtete weiter: Hans Gebert war nach seiner Ausbildung als Automechaniker bei den Rechtsradikalen eingetreten und hatte neue Freundschaften geschlossen. In Abständen hatte er Ewald besucht und begeistert von der neuen Zeit berichtet, welche mit seiner Partei beginnen würde. Namen wusste Ewald nicht, nur einen Klaus hatte Hans öfter erwähnt als seinen Freund in der Partei. Ihre Stammkneipe war damals die „Bierschwemme" und war es bestimmt immer noch. Dann fragte er: „Hat er sich etwas zuschulden kommen lassen?"

Gregor kam zum Grund seines Besuches und fragte nach der Blockhütte: „Nein hat er nicht, die Geberts haben aber eine Kate in der Hedenheimer Feldmark. Wir haben dort eine Leiche gefunden und fragen uns wer den Schlüssel zur Kate hat, wer überhaupt weiß, dass sie leer steht und sie für seine finsteren Zwecke benutzen kann. Frau Gebert hat die Schlüssel an ihren Sohn abgegeben."

Ewald Feick war betroffen: „Das ist natürlich eine schwerwiegende Sache, aber Hans kann damit nichts zu tun haben, er ist seit zwei Jahren nicht mehr hier."

„Wissen Sie, wo er ist?" „Er hatte ursprünglich vor auszuwandern, hier verdiente er einfach zu wenig. Er ist aber in Deutschland geblieben. Ich verstehe nicht, warum er sich nicht bei seiner Mutter gemeldet hat. Die hatten immer ein gutes Verhältnis. Seinen letzten Brief habe ich vor gut zwei Monaten aus Herne in Westfalen erhalten. Er arbeitet dort in einem Bergwerk. Ich habe ihm noch nie geschrieben, kenne seine genaue Anschrift nicht." „Darf ich den Brief sehen?"

Ewald kramte in einer Schublade am Küchentisch und reichte Gregor einen Brief mit Umschlag. Er warf einen Blick auf den Absender „Hans Gebert, Herne" mehr stand da nicht drauf. Er überflog den Inhalt des Schreibens, nur belanglose Mitteilungen, ohne Bedeutung für den Kriminalfall. Aber auf der Vorderseite des Umschlags war ein Wappen mit der Inschrift „Zeche Einigkeit Herne" abgedruckt.

„Darf ich den Umschlag mitnehmen? Ich will versuchen Hans Gebert ausfindig zu machen. Wenn wir wissen, wem er den Schlüssel gegeben hat, sind wir ein Stück weiter." „Nehmen Sie den ganzen Brief mit." „Sie bekommen ihn ja wieder."

An der Tür fragte der Kriminalassistent wie nebenbei: „Sind Sie eigentlich auch Parteimitglied bei den Rechten?" „Nein, in meiner Partei haben alle Mitglieder lange Haare und solche Lungenflügel." Er machte mit den Händen das Zeichen für zwei weibliche Brüste. Lachend verabschiedeten sich die beiden jungen Männer.

1 0
L E N E

Viele Menschen versäumen das das kleine Glück,
während sie auf das große vergebens warten.
Pearl S. Buck (1892-1973)

Lene Lohn, die Tochter des Bürgermeisters von Wedes, des Freundes von Berthold Hermann, hatte ihre Ausbildung an der Schwesternschule in Darmstadt beendet und war nun schon seit zwei Jahren an der Universitäts-Kinderklinik in Gießen angestellt. Die Arbeit mit den Kindern erfüllte sie mit großer Freude. Bei schweren Krankheitsfällen zerriss es ihr allerdings fast das Herz und sie hatte Mühe wieder ins seelische Gleichgewicht zu finden.

Die Eltern in Wedes besuchte sie in großen Abständen, meistens zweimal im Jahr. Sie war jetzt 23 Jahre, Fragen der Mutter nach einer festen Bindung, nach Heirat wich sie aus, oder tat sie kurz ab als noch nicht aktuell. Ihre vormalige große Liebe, den Kriminalkommissar Hermann, hatte sie noch immer im Sinn.

Sie wusste, dass er in Gießen arbeitete und auch hier oder in der näheren Umgebung wohnte. Bisher hatte sie der Versuchung, etwas über ihn herauszubekommen, widerstanden. Aber langsam kam sie zu der Überzeugung, dass es Zeit für ein freundschaftliches Wiedersehen sei.

Sie fragte sich, ob das nicht alte Wunden bei ihr aufreißen würde. Auf keinen Fall wollte sie sich störend in sein Leben einmischen, denn, dass er inzwischen längst verheiratet war, davon ging sie aus. Also, was tun? Am besten gar nichts und alles dem Zufall überlassen. Sie hatte in der Zwischenzeit einige Verehrer gehabt, aber keiner passte ihr. „Die ist kalt wie eine Hundeschnauze, sieht aber blendend aus", war das Urteil über sie.

Dass es ein völlig falsches Urteil war, hätte Berthold Hermann ihrer Verehrer Schar anschaulich schildern können, was natürlich für ihn nicht in Frage gekommen wäre. Im Gießener Anzeiger las Lene von einem Mordfall, der in der Hedenheimer Feldmark entdeckt worden war. Der Fall hatte möglicherweise einen politischen Hintergrund, mit der Aufklärung ist der Kriminalkommissar Hermann vom hiesigen Kommissariat beauftragt, schrieb das Blatt. Lene durchzuckte es wie ein elektrischer Schlag, unverhofft hatte sie einen Hinweis auf ihren Berthold, wie sie ihn immer noch nannte.

Den gleichen Artikel las Albert Schuchardt auch. Er war interessiert aus zwei Gründen: er war als Staatsanwalt für den Fall zuständig und bei der Gelegenheit kam er mal wieder mit seinem alten Freund Berthold zusammen. Man hatte sich in den vergangenen Jahren wiederholt getroffen, doch die zeitlichen Abstände waren größer geworden.

Beruflich hatte er mit Berthold keine Kontakte nach ihrem gemeinsamen Fall in Wedes mehr gehabt.

Gerne erinnerte er sich an die Festlichkeiten zur Hochzeit von Berthold und Käthchen. Er war zusammen mit dem Kommissar Reinshagen Trauzeuge gewesen. Damals hatte er mit etwas Neid auf die schicke junge Braut geblickt, er war zu der Zeit noch ohne feste Bindung. Dann hatte er seine „zwischendurch" Freundin Trixie, geb. von Wartenberg, geheiratet.

Seinem Vater, dem Regierungsrat, war das zwar nicht recht, schließlich war Trixie vier Jahre älter, andererseits waren die Eltern froh, dass das „Flattern von Blüte zu Blüte" bei dem Sohn mit seinem 30. Lebensjahr vorbei war.

Inzwischen waren sie aber einig mit der Schwiegertochter, sie war eine Person von Format und passte zum Sohn und seiner Stellung in der Gesellschaft. Als Albert Lene in Wedes kennen gelernt hatte, da war das noch „die oder keine" gewesen, damals unerreichbar für ihn durch ihre Leidenschaft für Berthold. Er ahnte nicht, wie nah sie ihm Tag für Tag war.

Er rief im Kommissariat bei Berthold an, der war aber nicht da und er bat um seinen Rückruf. Für Berthold war es an der Zeit den Kriminalrat vom Stand der Ermittlungen zu berichten. Gregor hatte ihm von seinem Besuch bei Ewald Feick erzählt und voller neuer Informationen begab er sich zu seinem gestrengen Vorgesetzten. Auf sein: „Guten Morgen Herr Kriminalrat", kam ein kurzes: „Morgen, setzen Sie sich. Wie ist der Stand der Ermittlungen?"

„Wir haben noch Mal bei der Vermieterin des Mordopfers nachgeforscht, aber nichts Neues entdeckt, auch keinen Hinweis auf ein Schließfach. Am Bahnhof werden die Schließfächer erst geöffnet, wenn die Schlüssel drei Monaten nicht zurückgegeben werden. Die Pathologie hat eine Tätowierung auf dem Arm des Ermordeten entdeckt, welche darauf hindeutet, dass der Tote ein Russe sein könnte."

Berthold berichtete ausführlich über die Zeichen auf dem Arm. „Der Vorsitzende der Linken in Busdorf hat den Toten als den Redner Berger erkannt, welcher auf der Versammlung gesprochen hat. Er sagte allerdings, dass er aus Berlin sei. Wir suchen jetzt nach einem Unbekannten, der auf der Versammlung war." Er berichtete über das Teilnehmerprotokoll und die Aussage des Türstehers Mahr.

„Bei dem Anschlag auf den Saal der Rechten könnte es sich also um einen Racheakt gehandelt haben", sagte der Kriminalrat. „Das wird wohl so sein. Die Spurensicherung hat auf dem Bügel des Abzugs einer Granate kyrillische Buchstaben entdeckt. Die Rechtsradikalen sind empört und mit Vergeltung von deren Seite müssen wir rechnen." „Fassen Sie Ihre Erkenntnisse in einem Protokoll zusammen und übergeben Sie das der Staatsanwaltschaft. Die sollen sich mit ihrer politischen Abteilung weiter darum kümmern. Sie können dazu Ihren alten Freund Schuchardt ansprechen, der ist zuständig."

„Ich muss Ihnen noch über Ewald Feick berichten, das ist der Freund vom Sohn der Besitzerin der Kate." Und er schilderte ihm ausführlich den Besuch des Kriminalassistenten bei dem jungen Mann. „Herr Loheim bemüht sich den Hans Gebert ausfindig zu machen. Wir müssen wissen, wem er den Schlüssel zu der Kate gegeben hat." „Ja, aber mit Hochdruck, wenn ich bitten darf", war die Antwort und er war entlassen.

11
ALTE BEKANNTE

Eine kluge Frau wird manches übersehen,
aber alles überschauen.

Lil Dagover (1887-1980)

Berthold brauchte eine Entspannung und ging zu Jürgen
Reinshagen ins Büro. Er ließ sich auf den Stuhl vor seinem
Schreibtisch fallen und Jürgen sagte: „Ach, du kommst
vom Chef, da wollen wir mal unser Anti-Nervotin
anwenden." Der spezielle Ordner mit der Flasche und den
beiden Gläsern kam zum Einsatz.

„Schnell weg mit den Gläsern, wenn der Alte die sieht,
platzt ihm der Schädel." „Der ist immer geladen und stirbt
bestimmt nicht im Bett." Keiner von den Beiden hatte
etwas gegen den „Alten", es war einfach ihr Chef, über den
man halt mal herzog. Sonst konnte man mit ihm zufrieden
sein.

Berthold hatte noch eine andere Idee: „Ich möchte dich mit deiner Frau Sonntag drei Uhr zu Kaffee und Kuchen einladen. Den Albert Schuchardt mit seiner Trixie werde ich auch dazu bitten. Dann können wir uns über alte Zeiten unterhalten." „Wenn meine Vorgesetzte zustimmt, komme ich gerne. Ich gebe dir morgen Bescheid."

In seinem Büro war Gregor Loheim mit dem Kontakt zur Zeche Einigkeit in Herne beschäftigt: „Ich habe ein Telegramm an die Kripo in Herne geschickt und um kurzfristige Amtshilfe gebeten. Die haben den Eingang bestätigt und wollen sich bis morgen zurückmelden." „Das ist gut, hoffentlich kommt was dabei heraus."

Berthold rief bei Albert Schuchardt an, der sich sofort meldete. „Albert, alter Staatsanwalt, alles in Ordnung bei dir?" Eine freundliches „Aber ja", war die Antwort. Er lud ihn ebenfalls für Sonntag ein: „Dann können wir alles Private besprechen. Jetzt habe ich noch ein dienstliches Thema. Es geht um den Anschlag auf die Zentrale der Rechten. Ich war beim Chef und der hat entschieden, dass ich dir den Fall übergebe. Ich mache das Protokoll fertig, Gregor Loheim wir es dir bringen. Also bis Sonntag zum Kaffee." „Ich komme gerne und Trixie bringe ich einfach mit." „Kannst du bei Jürgen Reinshagen vorbeifahren und ihn mitbringen?" „Oh, der kommt auch, das ist famos. Wir bringen ihn gerne mit, im Adler ist ausreichend Platz und wo er wohnt, weiß ich ja." Berthold atmete auf, auch das war erledigt.

Das Telefon klingelte wieder. Frau Blum meldete sich: „Da ist ein Fräulein Lohn in der Leitung und möchte dich sprechen." Berthold wusste im ersten Moment nicht, was er antworten sollte, er war vollkommen überrascht. „Na, was ist, soll ich durchstellen?" drängte Sofie Blum. „Ja, bitte", brachte er dann heraus.

Er meldete sich: „Hier ist Lene Lohn", antwortete eine ihm bekannte Stimme. „Das ist aber eine Überraschung, Lene, das erinnert mich an ferne Zeiten." „Ich habe deinen Namen in der Zeitung gelesen und musste dich einfach anrufen." Berthold hatte tief ausgeatmet, mit Lene waren liebe Erinnerungen verbunden. „Das freut mich, wie geht es dir und wo bist du jetzt?" „Ich arbeite seit zwei Jahren als Krankenschwester in der Kinderklinik. Und wie ergeht es dir in deinem anstrengenden Beruf?"

„Danke, ich komme gut klar. Ich bin inzwischen verheiratet und wir haben einen Sohn." Eine spontane Idee überkam ihn: „Ich treffe mich am Sonntag mit Kollegen, die du auch kennst und ihren Frauen. Ich möchte dich dazu einladen. Du musst einfach kommen, das wird ein Riesengaudi." Lene zögerte: „Was wird deine Frau sagen?" „Die freut sich dich kennen zu lernen und du kannst dir unseren Ronald ansehen, er ist jetzt drei."

Er beschrieb ihr den Weg mit dem Fahrrad. Dass sein Käthchen bisher nichts von ihr wusste, würde er bis Sonntag noch ändern. Lene war froh zugesagt zu haben, damit würde ihr schwankendes Verhältnis zu Berthold endlich geradegerückt. Er hatte Familie, welche sie kennenlernen würde. Das würde ihr helfen sich an ihn als lieben alten Bekannten zu erinnern, aber nicht als verlorenen Geliebten.

Käthchen fiel aus allen Wolken, als er ihr von seinen Einladungen berichtete. Fünf Personen, vier kannte sie:

„Wer ist denn die fünfte Person?" „Das ist Lene Lohn, die Tochter des Bürgermeisters von Wedes. Der hat uns bei unserer Arbeit tüchtig unterstützt. Sie rief mich an und bestellte Grüße von ihrem Vater. Bei der Gelegenheit habe ich sie auch eingeladen. Sie arbeitet seit zwei Jahren in der Kinderklinik. Jürgen und Albrecht wissen nichts davon, das gibt ein Riesenhallo. Du kennst die beiden ja, ebenso ihre Ehefrauen."

„Beim Kuchenbacken muss mir Mutter helfen." „Das macht sie gerne, ich habe ihr schon zugerufen, dass wir Sonntag Kaffeebesuch bekommen."

Der Sonntag kam schneller als erwartet und die Gäste erschienen. Als Erste radelte Lene auf den Hof der Eltern. Mutter Hermann brachte sie zu Käthchen, die sie herzlich begrüßte. Berthold kam dazu, Begrüßung durch ihn eher zurückhaltend, obwohl alles in ihm drängte sie herzlich in den Arm zu nehmen. Käthchen sah es ihm an und brach den Bann: „Fräulein Lene hat euch so gut betreut, du solltest sie ruhig Mal tüchtig drücken." Was er dann auch tat.

„Aber einen Vorschlag von mir: Das ist Lene und das ist Käthchen, kein Gesieze." Bertholds Vorschlag wurde angenommen. Lene überreichte einen kleinen Blumenstrauß und fühlte sich zunehmend wohl bei Familie Hermann. Ein kleiner Wirbelwind stürmte ins Zimmer: „Lene, das ist Ronald." Der Kleine gab Lene die Hand: „Bist du eine Freundin von Papa", fragte er. Kindermund, dachte Lene: „Nein, eine Bekannte aus Wedes", antwortete sie. „Was für ein munterer kleiner Bursche", dachte sie, „und sieht aus wie Papa."

Ein Auto fuhr auf den Hof und Berthold ging nach draußen zu den neuen Gästen. Er begrüßte sie und bat sie in das Wohnzimmer. Die beiden Ehefrauen gingen voraus, Jürgen Reinshagen und besonders Albrecht Schuchardt, der Berthold ja länger nicht gesehen hatte, hielten noch einen kleinen Schwatz vor der Tür. „Kommt rein, da gibt es noch eine Überraschung für Euch", sagte Berthold schließlich. „Er hat bestimmt Josephine Baker für uns bestellt", sagte Jürgen zu Albrecht. Berthold lachte: „Nicht ganz, vielleicht noch überraschender."

Und dann stand Lene vor ihnen, fünf Jahre älter, aber nun erst recht ein Bild von einer jungen Frau. „Überraschung gelungen, Fräulein Lene aus Wedes", sagte Albrecht. „Nein, aus Gießen", sagte sie lachend und wurde herzlich begrüßt. Bei den Ehefrauen war die Überraschung ebenso groß, als Berthold ihnen den Zusammenhang mit Wedes erklärte.

Ein klein bisschen Eifersucht regte sich bei Trixie Schuchardt: „Jugendfrische schlägt eben alles", dachte sie. Natürlich war sie absolut chic angezogen und hätte auf jeder Gesellschaft alle Blicke auf sich gezogen, aber eben auch 12 Jahre älter als Lene. Jürgens Frau Meta, im 50. Lebensjahr stehend, hatte dagegen eher mütterliche Gefühle für Lene.

Dann gab es erst Mal Kaffee, Kuchen wurde aufgefahren. Bertholds Mutter brachte einen großen Blechkuchen mit Streuseln und Rahm, Käthchen hatte einen Boden mit Kirschen gebacken. Die Kirschen hatte sie von Bertholds Mutter aus einem Einweckglas. Alle waren voll des Lobes über die Backkünste der Ehefrauen Hermann.

Neugierig war man auch, Lene musste erzählen. „Als Erstes soll ich Ihnen Grüße von meinen Eltern bestellen. Den Beiden geht es gut und mein Vater ist immer noch Bürgermeister", begann sie. Hermann unterbrach: „Herzliche Grüße zurück, wir haben uns bei deinen Eltern sehr wohl gefühlt." Käthchen blickte ihren Berthold von der Seite an, er hatte Lene geduzt. War da mehr gewesen als nur die harmlose Bekanntschaft mit der Tochter des Bürgermeisters? Sie unterdrückte ihre Eifersucht und Lene erzählte weiter: „Nachdem die Herren von der Kriminalpolizei sich aus unserem Dorf verabschiedet hatten, bin ich nach Darmstadt verzogen und habe eine Ausbildung als Kinderkrankenschwester begonnen. Seit zwei Jahren bin ich jetzt hier in der Kinderklinik. Ich habe Bertholds Namen in der Zeitung gelesen und ihn angerufen. Ich wollte die Grüße von meinen Eltern bestellen, dass ich eingeladen wurde, war eine unerwartete Überraschung."

Bei Lene fiel auf, dass sie sich sprachlich gewandt ausdrückte, keineswegs so, wie sie im Dorf gesprochen hatte. Albrechts Frau Trixie sprach aus, was allen auf der Zunge lag: „Noch ohne feste Bindung, Fräulein Lene?" „Ohne feste Bindung, ja. Und auch keine beabsichtigt." „Aber Sie haben doch bestimmt Verehrer." „Ja, aber die gefallen mir nicht." Allgemeines Gelächter, Lene hatte nur vorsichtig ausgedrückt, was sie im Geheimen fühlte.

Es wurden viele Erinnerungen ausgetauscht, Fragen gestellt und beantwortet und Lene musste noch eine Runde mit Ronald spielen und ihm eine Geschichte erzählen.

Die Gäste verabschiedeten sich nach einem gelungenen Nachmittag. Trixie und Albrecht wollten als Nächste einladen, er ließ sich von Lene die Telefon-Nummer geben, unter der sie erreichbar war. Die beiden Kriminalisten waren mit einer Dienstnummer ausgestattet worden, wegen schneller Erreichbarkeit, schon damals konnte man sagen: Fluch und Segen bringt die neue Technik.

Käthchen konnte nicht anders, sie fragte Berthold, nachdem die Gäste gegangen waren: „Hattest du ein Verhältnis mit diesem hübschen Mädchen? Sag die Wahrheit!" Berthold lächelte gequält: „Kein Verhältnis, nur eine kleine Freundschaft. Sie wollte mich nicht loslassen. Als ich ihr erzählte, dass ich eine feste Bindung in Gießen hätte, war sie todtraurig. Aber sie hat sich in ihren Beruf gestürzt, das war der richtige Weg."

„Das hättest du mir damals gestehen müssen, bevor du über mich hergefallen bist, vielleicht wäre ich dann ins Kloster gegangen oder hätte Albrecht geheiratet." Beide mussten lachen, zärtliche Erinnerungen siegten über das Tagestief und die Angelegenheit war erledigt.

1 2
DER MAULWURF

MORS CERTA, HORA INCERTA
(Der Tod ist gewiss, die Stunde ungewiss)
Unbekannter Lateiner

Neue Woche, neuer Arbeitstag. Kommissar Hermann setzte sich aufs Fahrrad und fuhr zum Büro der Rechten. Konrad Jung war nicht da. Er fragte einen der Uniformierten, wo er ihn erreichen könnte. „Er wohnt fast um die Ecke, ich rufe ihn an. Der kommt sofort."

Eine ¼ Stunde später war er da und fragte Hermann: „Was gibt es denn noch, wir warten darauf, dass die Täter geschnappt werden." „Ich möchte einen Blick in Ihre Mitgliederliste werfen." „Kommt nicht in Frage, weshalb sollte ich Ihnen Namen von unseren unbescholtenen Mitgliedern preisgeben?"

Berthold wusste eine Antwort: „Das geschieht im Rahmen einer polizeilichen Ermittlung in einem Mordfall. Falls Sie das verweigern, komme ich wieder mit einem richterlichen Durchsuchungsbefehl. Wer weiß, was wir dann alles ermitteln werden. Die Liste bekommen wir doch."

Mürrisch antwortete Jung: „Also meinetwegen, wir haben nichts zu verbergen." Sie gingen in sein Büro und er reichte ihm einen Schnellhefter mit den Namen. Die Namen waren seitenweise nach dem Alphabet eingetragen, eine oder zwei Seiten je Buchstabe. Berthold sah nur nach dem Namen Albrecht Richter, den er von der Versammlungsliste aus Busdorf kannte, musste allerdings feststellen, dass es kein Mitglied dieses Namens gab. Enttäuscht gab er die Mappe zurück. „Das war's schon, danke", und verabschiedete sich.

Bei flüchtiger Betrachtung war also kein Mitglied der Partei auf der Versammlung in Buseck gewesen. Aber eine falsche Namensangabe bei dem unbekannten Besucher war denkbar.

Er dachte: „Wir haben noch andere Pfeile im Köcher, das werde ich mit Gregor besprechen." Aber erst hatte dieser eine Nachricht für ihn: „Ich habe Nachricht aus Herne, die haben Hans Gebert ausfindig gemacht. Zum Schlüssel für die Kate hat er bereits ausgesagt. Er hat ihn vor zwei Jahren an seinen Freund Klaus Krenz weitergegeben. Das deckt sich mit der Aussage von Ewald Feick, er sprach auch von einem Freund Klaus."

„Jetzt war ich bei den Rechtsradikalen und habe nach einem Albrecht Richter in der Mitgliedsliste gesucht, aber nichts gefunden. Noch mal hin und nach einem Klaus Krenz suchen bringt nichts. Zugang zur Kate kann sich jeder auch mit einem Dietrich verschaffen, das haben wir ja gesehen. Einen Namen haben wir aber und der Sache gehen wir weiter nach."

Gregor sah ihn fragend an und Berthold Hermann erklärt ihm seinen Plan: „Die haben eine Stammkneipe, dort machst du einen Besuch. Ich kann da nicht hin, bin zu bekannt bei den Herrschaften." Loheim wusste nicht, worauf sein Kollege hinauswollte: „Und dann?", fragte er.

„Ich stelle mir das so vor, du sitzt an der Theke und trinkst dein Bier. Du kommst als Privatmann, bei deinem Milchbart denkt keiner an einen Kriminalisten, wenn auch deine blauen Augen kalt, wie Eisschollen blicken können. Ich glaube dein ideales Einsatzgebiet sind Witwen mittleren Alters, deshalb wirst du dort kaum auffallen." Beide mussten tüchtig lachen, ob Bertholds Gerede. „Mit anderen Biertrinkern kommst du ins Gespräch. Das ist deine Chance, daraus musst du Honig saugen. Ob es was bringt, weiß ich nicht." Gregor nickte, er hatte verstanden und war bereit.

Kommissar Hermann ging zum Kriminalrat Weber und ließ sich grünes Licht geben für seine Aktion. „Aber keine offizielle Aktion, der Loheim soll nur dorthin gehen, um privatim ein Bier zu trinken, mehr nicht." „Selbstverständlich Herr Kriminalrat, so ist es mit Loheim besprochen."

Am gleichen Abend war Hochbetrieb in der „Bierschwemme". Gregor drängelte sich zur Theke und erwischte noch einen freien Stehplatz. Die Gäste waren in Gespräche verwickelt und alle sprachen fleißig ihren Getränken zu. Neben Gregor Loheim stand ein junger Mann, der das Bierglas hob und ihm freundlich zuprostete: „Ich bin Otto Sommer." Gregor bestellte auch ein Bier und prostete zurück: „Gregor."

Ein neuer Gast erschien und plötzlich wurde es still in der Gaststube. Es war der Anführer der Rechtsradikalen. Er setzte sich an den großen Stammtisch im Hintergrund, die Männer von der Theke scharten sich um ihn. „Männer, ich habe Euch etwas Wichtiges mitzuteilen, aber bring mir erst mal ein Bier, Gustav."

Gregor und sein Nachbar waren als Einzige am Tresen geblieben: „Wir müssen auch hingehen, sonst fallen wir auf", sagte Gregors neuer Bekannter. Gregor nickte, er war sicher schon aufgefallen, da er hier unbekannt war. Sie stellten sich in die hintere Reihe am Stammtisch und Jung begann: „Freunde, Parteigenossen, wir sind wieder einer Schandtat zum Opfer gefallen. Wie Ihr gehört habt, sind zwei Granaten in unserem Versammlungsraum explodiert und haben drei von unseren Freunden verletzt. Außerdem ist die gesamte Inneneinrichtung zerstört und muss ersetzt werden."

Ein Zwischenrufer fragte: „Wer war das, weiß man etwas darüber?" „Das wollte ich euch jetzt mitteilen. Die Polizei hat ausnahmsweise mal schnell gearbeitet. Die haben auf einer Granate russische Buchstaben festgestellt, wir können uns jetzt denken, aus welcher Richtung uns diese Liebesgrüße erreicht haben."

Empörte Rufe unterbrachen ihn, übelste Beschimpfungen gegen die roten Banditen wurden laut: „Wie lange wollen wir uns das noch bieten lassen?" Freund Otto stieß Gregor mit dem Ellenbogen an: „Du musst klatschen, sonst fällst du auf!" Der folgte seiner Ermahnung und klatschte scheinbar begeistert in die Hände.

„Immer mit der Ruhe, wenn die Polizei nicht schnellstens einen Täter ermittelt, werden wir selbst aktiv und sorgen für unser Recht. Und jetzt trinkt in Ruhe Euer Bier und überlasst alles Weitere unseren Spezialisten." Die meisten Besucher der Bierschwemme gingen wieder zurück zur Theke und der Bierkonsum schwoll an.

Neben Gregor hatte sich ein junger Mann gedrängelt, der ihn fragte: „Wie kommst du hierher, hab dich hier noch nie gesehen?" Jemand rief: „He, Schwuchtel, hast du einen neuen Freund gefunden? Wenn das Albrecht erfährt, bekommst du Ärger." Gregor lachte: „Welcher Albrecht?" „Albrecht Weiß, der hat die Erstrechte auf Schwuchtel." Gregor hatte den Namen wahrgenommen: „Der heißt also Weiß, nicht Richter, wie er in Busdorf angegeben hat", dachte er. „Keine Sorge, ich bin keine Konkurrenz für ihn", antwortete er und bestellte ein Bier für Schwuchtel.

„ Ist Albrecht Weiß nicht da?", fragte er. „Nein, der sitzt wieder mit Klaus zusammen, die hecken bestimmt einen neuen Plan aus." „Gegen die Roten?", fragte er weiter. „Ja, die werden sich wundern, wie beim letzten Mal." Weiter fragen durfte er nicht, so das Gefühl von Gregor, sonst machte er sich verdächtig. War Klaus etwa der, welcher von Hans Gebert den Schlüssel zur Kate erhalten hatte?

Er bezahlte und verabschiedete sich. Immerhin hatte er einiges Interessantes erfahren. Otto Sommer kam ihm nach und sprach ihn vor der Bierschwemme an: „Mehr hättest du nicht fragen dürfen, die haben mitgehört und vermuten natürlich gleich Verrat." Gregor lachte etwas gezwungen: „Von mir droht denen keine Gefahr." „Das glaubt dir keiner. Du hast so gezielt gefragt, du bist bestimmt von der Polizei."

Kriminalkommissar Gregor Loheim war verblüfft, wenn ihn schon ein Außenstehender wie Otto durchschaute, dann war er wirklich in Gefahr. Er antwortete nicht, Otto wollte noch etwas loswerden: „Keine Sorge, von mir droht dir keine Gefahr. Ich gehe öfter in die Bierschwemme und versuche etwas über deren Gaunereien zu erfahren. Der jüngste Mordfall geht bestimmt auf ihre Kappe. In der Zeitung stand etwas von einem Kommissar Hermann, der hier ermittelt. Bist du das?"

Gregor wurde unruhig, der durchschaute beinahe alles: „Kenne ich nicht", sagt er. „Ich gehe jetzt wieder rein und versuche was über diesen Klaus zu erfahren. Vielleicht kann ich etwas zur Aufklärung des Mordfalls beitragen und erhalte die ausgesetzte Belohnung von 1000 Mark. Dann nimmt meine Freundin mich wenigstens ernst." Gregor war sprachlos und verabschiedet sich von dem Amateur Ermittler Otto Sommer. Allerdings nicht in der Absicht nach Hause zu gehen, sondern er stellte sich auf die gegenüberliegende Straßenseite: „Vielleicht passiert ja noch was", dachte er.

Otto ging wieder in die Gaststätte. Zwei neue Besucher kamen und wurden mit lautem Hallo als Klaus und Albrecht begrüßt. Sie setzten sich zu Konrad Jung an den Stammtisch und unterhielten sich. Kurz darauf verließ Jung die Gaststätte. Schwuchtel setzte sich zu den neu angekommenen, erzählte irgendetwas und deutete auf Otto, der sich noch ein Bier bestellt hatte.

„Ich gehe jetzt rüber, befrage den Spund und sage ihm, dass er verschwinden soll. Wenn er raus geht, folgst du ihm und Sonderbehandlung. Rote Spione können wir nicht gebrauchen, sonst fliegen uns auch hier Granaten um die Ohren." „Ist in Ordnung, Klaus", antwortete Albrecht Weiß. Zu Schwuchtel sagte Krenz: „Du bleibst hier, rührst dich nicht von der Stelle, hast nichts gesehen, nichts gehört!"

Otto Sommer hatte gerade sein Bier probiert, als ihn Klaus Krenz ansprach: „Ich möchte gerne von dir wissen, wer das war, mit dem du so angeregt gesprochen hast. Wer spioniert hier rum?" „Ich kenne ihn nicht, habe ihn hier das erste Mal gesehen. Vielleicht hat er einen warmen

Freund gesucht." Mit Schärfe in der Stimme entgegnete Klaus Krenz: „Können wir hier nicht gebrauchen, solche Typen. Schnüffeln nur rum und schmeißen Handgranaten. Du bist auch nicht in unserer Partei und ich möchte dich hier nicht mehr sehen. Trink dein Bier aus und verschwinde."

Otto hielt es nicht für angebracht zu widersprechen: „Ist gut, ich geh ja schon. Gehöre aber nicht zu den Granatenschmeißern." Krenz machte Albrecht Weiß ein Zeichen und der nickte. Der folgte dem ahnungslosen Sommer in großem Abstand, bis zu seiner Wohnung, offenbar eine ein Zimmer Junggesellen Wohnung in einem Mietshaus. Weiß wartete, bis Licht in einer Wohnung anging. Es war eine Erdgeschosswohnung. Was er nicht wusste, von der anderen Straßenseite wurde er beobachtet.

Weiß ging zurück: „Erst mal hole ich den Kastenwagen", brummelte er vor sich hin. Kriminalassistent Gregor stand an der anderen Straßenseite und überlegte, ob er Otto Sommer einen Besuch machen sollte. Mit seinen Überlegungen kam er aber nicht zu Ende, ein Kastenwagen fuhr vor die Haustür, Weiß stieg aus und ging ins Haus.

„Machen die etwa gemeinsame Sache und haben mir nur etwas vorgespielt?", überlegte Gregor. Er dachte an Berte und wollte noch einen Besuch bei ihr machen, die würde sich bestimmt freuen, er natürlich auch. Ein Blick auf seine Taschenuhr zeigte ½ 12, bedauernd musste er feststellen, das ist zu spät, die schläft bestimmt schon, die Süße.

In dem Mietshaus klopfte es an die Tür von Otto Sommer, der erstaunt einen Spalt breit öffnete, wer wollte ihn zu so später Stunde noch besuchen? Da stand freundlich lächelnd Albrecht Weiß, alias Richter, der Typ aus der Bierschwemme: „Darf ich reinkommen", fragte er. Zögernde Antwort: „Ja, komm rein". Weiß schloss die Tür hinter sich und hatte eine Pistole in der Hand als er sich umdrehte. Blitzschnell erkannte Otto, dass er seinen Mörder hereingelassen hatte.

Er machte einen verzweifelten Versuch zu seiner Rettung, indem er Weiß mit einem mächtigen Satz ansprang und versuchte ihm die Pistole aus der Hand zu schlagen. Der lachte nur, drückte ihn auf den Boden, Otto sah einen mächtigen Blitz vor seinen Augen, dann versank er in Dunkelheit.

Der Mörder ließ ihn zu Boden gleiten und rollte ihn in den dort liegenden Flickenteppich ein. Er horchte einige Augenblicke an der Tür, nichts war zu hören. Mit seiner Teppichrolle auf der Schulter verließ er das Haus, öffnete die hintere Tür des Kastenwagens und warf seine Last auf die Ladefläche.

„Sieht aus wie eine Teppichrolle", dachte Gregor, der von der anderen Straßenseite das Haus immer noch beobachtete. Das Licht war aus in der Wohnung, Weiß stieg ein und das Fahrzeug fuhr ab. Gregor beschloss seinen Beobachtungsposten zu verlassen: „Feierabend für heute." Zu Fuß konnte er dem Wagen eh nicht folgen.

Weiß brauchte nicht lange zu überlegen, wohin mit dem Leichnam: „Das gibt eine Überraschung für die Kriminalen", dachte er. Er steuerte zielstrebig auf die Kate der Witwe Gebert zu. Absolut still lag die Feldmark und die Kate vor ihm. An der Tür sah er das Siegel der Polizei, er lachte und zerriss es. Ein Blick in das Innere bestätigte seine Vermutung, dass der Leichnam des Kommunisten Hetzers längst nicht mehr da war. Er nahm die Teppichrolle aus dem Kastenwagen und machte sich längere Zeit in der Kate zu schaffen. „Das wird lustig, wenn die hierherkommen, da möchte ich Mäuschen spielen."

13
EINE AFFÄRE

Die große Frage, die ich trotz meines dreißigjährigen Studiums
der weiblichen Seele nicht zu beantworten vermag, lautet: Was will
eine Frau eigentlich?
Siegmund Freud (1856-1939)

Lene war wieder im Alltag gelandet. Die Freude an ihrer
Arbeit war immer noch da, wenn auch manches Mal zu
viel des Guten über sie und ihre Kolleginnen hereinbrach.
Sie hatte ihren Eltern über den Besuch bei Bertholds
Familie über Telefon berichtet, große Freude bei ihrer
Mutter, dass sich die Beziehung zu Berthold damit
anscheinend normalisiert hatte.

Sie selbst dachte an ihren einsamen Abenden voller
Sehnsucht an so ein erfülltes Familienleben. Gleichzeitig
empfand sie keine Eifersucht gegen Käthchen, sie hatte sie
als eine sympathische junge Frau kennengelernt, passend
zu Berthold. Es wäre zu schön gewesen …., nein, nicht
dran denken. Das war also ihre Rivalin damals in Wedes.

Sie sah ein, dass Berthold hier eine schwierige Entscheidung treffen musste. „Aber ich war ganz gewiss nicht chancenlos. Wenn er nicht durch eine Zusage gebunden war …" Sie musste lachen über ihre nutzlosen Gedanken. Für Berthold war es die richtige Entscheidung gewesen. Nur schade, schade für sie, für ihren Traum ….

An einem besonders arbeitsreichen Tag klingelte das Telefon und die Stationsschwester rief: „Fräulein Lene, ein Anruf für Sie." „Sie antwortete: „Ich habe aber gerade jetzt keine Zeit." Die Stationsschwester winkte mit dem Hörer in der Hand und flüsterte ihr zu: „Ein Staatsanwalt." Lene ahnte, wer das war, und nahm das Gespräch an. „Guten Tag, Fräulein Lene, hier ist Albert Schuchardt." „Ich ahnte es", sagte Lene. „Ich stecke voll in Arbeit und habe keine Zeit." „Machen wir es kurz, wann haben Sie Feierabend?" Lene war daran gelegen schnell wieder in die Station zu kommen und sagte: „Um 5 Uhr." „Ich hole Sie um ½ 6 ab, sagen Sie mir Straße und Hausnummer." Sie war vollkommen überrumpelt, nannte ihre Adresse und eilte zurück zu ihrer Arbeit.

Erst nachdem sie drei Säuglinge gefüttert und versorgt hatte, kam ihr zum Bewusstsein, dass sie eine Verabredung eingegangen war, die sie bei ruhiger Überlegung nicht eingegangen wäre. Absagen ging nicht, sie wusste nicht wie ihn zu erreichen und einfach nicht hingehen, war gegen ihr Ehrgefühl.

Er holte sie pünktlich mit dem Adler ab. Seine alte Sehnsucht nach Lene, wie er sie in Wedes vor fünf Jahren kennengelernt hatte, war wieder da. Seine „die oder keine", damals unerreichbar für ihn, jetzt war sie ihm bei Freund Berthold wieder begegnet und seine Leidenschaft für sie neu entbrannt. Konnte er sie diesmal gewinnen? Er beschloss mit allen Mitteln um sie zu kämpfen und sei es auch erst mal nur um einer flüchtigen Affäre willen.

„Was haben Sie mit mir vor", fragte sie. „Wir fahren in ein Lokal im Grünen, es wird Ihnen gefallen, dort können wir uns unterhalten." Nach 10 Minuten erreichten Sie das Gartenlokal „Zur grünen Aue". Er schlug einen Platz in einem Pavillon vor, sie hatte nichts dagegen. Alles in ihr sträubte sich gegen dieses alberne Treffen, aber nun war sie erst einmal hier.

„Was möchten Sie trinken, Fräulein Lene?", fragte er, „ich möchte Ihnen einen Cotes du Rhone 1930er Rotwein aus Frankreich vorschlagen." Lene war es recht, sie hatte von Rotweinen aus Frankreich keine Ahnung, wusste nicht, dass der von ihm ausgesuchte ordentlich „Umdrehungen" hatte, sie war müde von einem anstrengenden Arbeitstag.

Albrecht bestellte. Lene fragte: „Warum haben Sie Ihre Frau nicht mitgebracht?" Er seufzte und war ihr auf einmal sogar recht sympathisch: „Sie ist zu ihrer Verwandtschaft nach Franken verreist, sagte mir, sie braucht Abstand." Er machte, gespielt oder nicht; ein sorgenvolles Gesicht. Lene tröstete ihn: „Das gibt sich wieder, Abstand ist ganz heilsam. Wenn sie dann zurückkommt, gibt es ein freudiges Wiedersehen." Er wiegte zweifelnd den Kopf. Wenn er ehrlich zu sich selbst sein wollte, musste er von einem tiefen Riss in seiner Ehe mit der kapriziösen Trixie ausgehen.

Der Wein kam und er hob sein Glas: „Auf Ihr Wohl, Fräulein Lene, ich würde mich freuen, wenn Sie mich Albert nennen würden und ich einfach Lene sagen dürfte." Lene nippte an ihrem Glas und sagte: „Wenn Ihre Frau zurückkommt, wird sie sicher nicht begeistert sein, aber meinetwegen, Albert." Als er dann näher an sie heranrückte und küssen wollte, drehte sie den Kopf zur Seite, sodass er nur ihr Ohrläppchen erwischte. „So schnell geht das nicht, mein Teurer", dachte sie.

Anstoßen musste sie dann aber mit ihm noch mehrmals und tüchtige Schlucke nehmen. Der Wein stieg ihr in den Kopf, eine gewisse Leichtigkeit überkam sie: „Wann gehe ich schon mal aus mit einem Verehrer?", dachte sie und nahm noch einen Schluck. „Schmeckt dir der Rote?", fragte er. „Ich weiß nicht, kenne mich nicht aus mit solch guten Getränken."

Er fragte nach ihrer Arbeit und sie erzählte begeistert von dem Umgang mit den Kindern: „Es ist viel Arbeit von früh bis spät. Die Kleinen geben einem aber alles vielfach zurück, durch ihre Anhänglichkeit und die freudigen Augen, mit denen sie mich jeden Tag begrüßen."

„Hast du daran gedacht eine Familie zu gründen und eigene Kinder zu haben?" „Ja, sogar sehr intensiv. Sie wissen..., du weißt, was mich damals aus der Bahn geworfen hat." An das du musste sie sich noch gewöhnen. Er wusste sehr wohl um ihre unerfüllte Leidenschaft für Berthold. „Heute bin ich dran, jetzt will ich nicht mehr warten", dachte er.

Lene bemerkte das Fordernde in seinem Benehmen, es war ihr gleichgültig. Sie ließ sich einfach treiben, durch den ungewohnten Alkohol verstärkt. Er fragte nach ihren Eltern und sie erzählte ihm, dass Vater und Mutter bei guter Gesundheit waren und Bruder Karl Anfang des Jahres ihre Freundin Elsa geheiratet hatte.

Langsam ging der Gesprächsstoff aus und er machte einen Vorschlag: „Ich habe bei mir zu Hause einige Häppchen vorbereitet und noch kein Abendbrot gegessen. Würdest du mir die Freude machen, mir Gesellschaft zu leisten?" Sie antwortete nach einigem Zögern: „Ungern, ich bin müde und muss morgen früh um fünf Uhr aufstehen."

„Ich bringe dich nach Hause, bitte." Schließlich war sie überredet: „Aber bitte keinen Rotwein mehr, der steigt mir in die Birne, wie man so schön sagt." Ein gieriges Glitzern war in seinem Blick, sollte er endlich Erfolg haben bei dieser begehrenswerten jungen Frau?

Seine Wohnung war schnell erreicht. Er wohnte in dem geräumigen Haus seiner Eltern, hatte aber einen separaten Eingang. Seine Mutter hatte den Wagen gehört und sah ihn mit einer fremden Frau in das Haus gehen. „Fängt er etwa wieder an umherzuflattern?", fragte sie sich. Sie wollte ihn zur Rede stellen.

Die Zimmer waren geschmackvoll eingerichtet, Trixies Einfluss war spürbar. Auf dem Küchentisch standen sorgfältig abgedeckt belegte Brote. Lene hatte keinen Hunger, aß aber ein Brot. Er schenkte sich ein Bier ein, sie wollte dann doch noch ein Glas Wein: „Oh weh, werde ich jetzt leichtsinnig?", fragte sie sich. Die Wirkung des ungewohnten Alkohols war deutlich spürbar.

Sie setzten sich im Wohnzimmer auf das Sofa, er rückte nahe an sie heran und legte den Arm um sie. Sie sah ihn an und wusste nicht was jetzt kommen sollte, oder doch? Als er sie dann sanft niederzog und an ihrer Kleidung hantierte, gab sie allen Widerstand auf und zog sich aus. Er machte die Stehlampe aus und legte sich kurz darauf zu ihr auf das Sofa. Lene war nicht mehr sie selbst, sie war sein von Alkohol und Lust nun besiegtes willenloses Werkzeug.

„Bring mich nach Hause", sagte sie, als er am Ziel seiner Wünsche war. Er war nicht besonders überzeugend gewesen. Eher ein hastiger, vielleicht auch schuldbewusster, schlechter Liebhaber. Vor ihrer Tür setzte er sie ab und fragte: „Darf ich dich morgen anrufen?" „Nein", sagte sie.

Der Versuch sie mit einem Kuss zu verabschieden, misslang ihm völlig. Sie eilte zur Tür und verschwand im Haus. „Ich rufe dich dann an einem der nächsten Tage an", rief er ihr noch hinterher.

In ihrem Zimmer ließ sie die Kleidung fallen, wo sie stand, stellte sich in ihrem kleinen Bad in die Wanne unter den Brausekopf und genoss den kalten Strahl. Sie trocknete sich ab und warf sich nackt in ihr Bett. „Heute habe ich was erlebt", dachte sie, „das passiert mir nicht jeden Tag." Aber das Erlebnis auf seinem Sofa zweimal die Woche, wie Martin Luther es den deutschen Ehefrauen angedroht hatte, als dem Ehemann wohlgetan, nein, das wollte sie nicht.

Ein frivoler Gedanke kam ihr: Sie würde Berthold rumkriegen und in ihrem Zimmer über ihn herfallen, fertig machen würde sie ihn. Jetzt musste sie kichern, ob ihrer verwegenen Gedanken. Schade, dass Elsa nicht hier war, mit ihr hätte sie alles bequatschen können.

Der Wecker klingelte, fünf Uhr, über ihren wilden Gedanken musste sie eingeschlafen sein.

14
VORTRAG BEIM ALTEN

Der Tag, an dem du einen Entschluss fasst,
ist ein Glückstag.
Japanisches Sprichwort

Für Berthold wurde es Zeit Resümee zu ziehen und die Ergebnisse seinem gestrengen Chef vorzustellen. Er bereitete eine Liste vor, welche er mit Gregor Loheim absprach: Damit es Frau Blum nur noch abtippen musste, erstellte er eine Liste, in der er die wesentlichen Punkte zusammenfasste:

- Blockhaus (Leichenfund) Eigentum der Witwe Gebert, Schlüssel an Sohn Hans übergeben, der ihn weitergegeben hat an Klaus Krenz. Das hat Hans der Kripo Herne bestätigt.
- Partei im Landkreis Ist Klaus Krenz Mitglied? War sein Mitarbeiter Albrecht Weiß unter dem falschen Namen Richter in Busdorf auf der Versammlung?

Wurde von seinem Freund Schwuchtel als Mann für Maßnahmen gegen die Roten genannt.

- Ilja Berger Redner auf der Versammlung in Busdof, am gleichen Abend ermordet. Vom Parteiführer aus Busdorf erkannt.
- Anschlag auf Büro der Rechtsradikalen Handgranaten mit russischer Aufschrift.
- Otto Sommer hat Gregor Loheim angesprochen in Bierschwemme, will bei Ermittlungen helfen wegen Belohnung. Gregor hat beobachtet, wie Weiß in seine Wohnung ging. Stecken die Beiden unter einer Decke und haben Loheim nur etwas vorgespielt?

Sofie hatte ihm die Liste mit der Schreibmaschine abgetippt, so konnte er sie dem Kriminalrat vorlegen, ohne sich Bemerkungen über seine „fürchterliche Klaue" anhören zu müssen.

„Na setzen Sie sich, Hermann", empfing ihn sein Chef. Durch die offene Tür rief er in den Flur: „Einen Kaffee für den Herrn Kriminalkommissar, Frau Blum." „Kommt sofort, Herr Kriminalrat", kam die schnelle Antwort.

„Nun, Herr Meisterdetektiv, was haben Sie zu berichten?" Berthold übergab seine Liste, die aufmerksam studiert wurde. Er widmete sich seinem Kaffee, er hatte nicht lange Ruhe: „Was hat das mit dem Schlüssel auf sich? Ist doch vollkommen unwichtig. Das Schloss konnte jeder öffnen, wie Sie ja bewiesen haben", war die erste Frage, die sein hoher Chef stellte.

Berthold musste ihm recht geben, aber ein Argument gab es doch noch: „Wir wollten sichergehen, dass der Sohn Hans nicht mehr im Spiel ist. Er arbeitet im Bergwerk, das hat Loheim über die Kripo Herne erfahren." Sein Gegenüber sah ihn ungnädig an, sagte aber nichts.

„Punkt zwei ist leicht geklärt, sehen Sie das Mitgliederverzeichnis ein." „Habe ich bereits, ein Klaus Krenz war mir noch nicht bekannt, ich habe nach einem Albrecht Richter gesucht, der hatte bei der Versammlung in Busdorf diesen Namen angegeben, den es in der Liste nicht gibt. Der Vorsitzende will die Liste nicht mehr herausgeben, ich nehme mir am besten eine richterliche Verfügung mit." „Machen Sie das und kommen Sie mir nicht ohne Ergebnis zurück!"

„Nun zu Punkt drei. Dieser Berger ist ein Agitator, der von einer Versammlung zur nächsten reist, soviel wissen wir von den Indizien, welche vorliegen. Der Spur mit dem Koffer sollten Sie noch folgen, damit wir das Thema erhärten. Das würde es greifbar machen, dass der Täter aus dem rechten Milieu kommt. Damit zu Punkt 4, der Täter wäre hier den Linken zuzuordnen und könnte sogar aus Busdorf kommen. Da steckt noch tüchtig Arbeit drin, Herr Hermann."

Der hatte sich Notizen gemacht. „Nun zu Punkt 5", Weber gönnte ihm keine Pause, „suchen Sie den Sommer auf und fühlen Sie ihm auf den Zahn. Hilfreiche Nachrichten können wir gebrauchen."

15
HILDE

Reich sind nur die,
die wahre Freunde haben.
Thomas Fuller (1609-1661)

In der Gärtnerei Heger fragte der Chef seine
Verkäuferin: „Wo bleibt den heute der Kollege Sommer,
Fräulein Fries?" „Ich weiß es nicht, Herr Heger", konnte
sie nur antworten. Mit Otto verband sie eine lockere
Freundschaft, das wusste der Chef. Sie machte davon eher
sparsam Gebrauch, aber in Abständen zogen sie ihre
weiblichen Gefühle doch wieder zu seinem bescheidenen
Heim, so wie heute Abend. Das hatte sie sich
vorgenommen.

Otto hatte seinen Aufgabenbereich in den beiden
großen Gewächshäusern, er war ein zuverlässiger
Mitarbeiter, der Chef hielt Stücke auf ihn. Sein Fehlen
heute passte nicht zu seiner gewohnten Pünktlichkeit.
Knurrend machte er sich an Ottos Arbeit, goss die

Blumentöpfe und suchte neue Pflanzen für das Schaufenster aus. Es half nichts, die Arbeit musste getan werden und Sommer, der Penner, wie er ihn heute insgeheim nannte kam nicht.

Feierabend, Fräulein Fries verabschiedete sich und verschwand wiegenden Schrittes durch die Ladentür. Heger sah hinter ihr her und dachte: „Auch nicht schlecht, ein Leckerbissen zum Feierabend." Und wenn er dann total erschöpft nach Hause käme, würde seine Frau ihm endlich glauben, wie anstrengend seine Tätigkeit in der Gärtnerei wäre. Aber sogleich verwarf er seine frivolen Gedanken wieder, der alte Spruch: ´Domestiken sollst du nicht fieken´, hatte immer noch Gültigkeit. Vielleicht würde seine Frau auch fragen: „Heger, wo hast du heute wieder gesoffen?" und er würde antworten: „Ich muss die Kundschaft halt bei Laune halten." Er schloss den Laden ab und machte sich auf den Heimweg.

Hilde Fries machte auf ihrem Nachhauseweg einen Umweg, sie wollte bei Otto reinschauen, vielleicht war er ja krank. Sie kramte in ihrer Umhängetasche, ja, die Schlüssel für Haus- und Etagentür hatte sie dabei. Sie schloss die Haustür auf und klopfte an seine Zimmertür: „Otto", keine Antwort. Sie schloss auch hier auf.

Im Zimmer war niemand, kein Otto zu sehen. Der Raum selbst schien unverändert, nur der große Flickenteppich fehlte und vor der Tür der dunkle Fleck, das war bei dem peniblen Otto ungewöhnlich. Sie bückte sich und fuhr mit dem Finger darüber. Ein eisiger Schreck durchfuhr sie: das war Blut!

Mit zitternden Händen öffnete sie den Schrank, nichts außer Ottos Kleidung ordentlich aufgehängt. Sie sah unter das Bett, nichts. In der kleinen Küchenecke war alles abgewaschen und weggeräumt. Wie gehetzt rannte sie aus dem Zimmer und dem Haus die Straße entlang zum nächsten Polizeirevier. Auf ihr klingeln öffnete der diensttuende Beamte.

„Mein Bekannter ist verschwunden, auf dem Fuß …".
„Halt junge Frau, sie möchten anscheinend eine Vermisstenmeldung machen. Bitte kommen Sie herein in die gute Stube, dort können Sie mir Ihre Beobachtungen mitteilen." Hilde beruhigte sich und berichtete vom Fehlen Ottos am Arbeitsplatz und ihren Feststellungen in seiner Wohnung. Der Beamte notierte alles einschließlich der Personalien von Hilde und Otto.

„Sie haben Glück, der Kollege Prenzler ist noch da, der kann mit Ihnen zum Tatort gehen, hoffentlich stellt sich das Ganze als harmlos heraus." Er rief zum Nebenraum hin: „Willi, komm doch bitte mal." Willi erschien und strahlte zunächst die ansehnliche junge Frau an, machte jedoch ein saures Gesicht, als er hörte der Feierabend muss verschoben werden.

Hilde beruhigte sich zusehends auf dem Weg zu nahen Wohnung Ottos und schloss die Türen auf. Polizeimeister Prenzler musterte kurz das Zimmer und den Schrank, beugte sich über den Fleck am Fußboden und fragte: „Hatte Ihr Freund eine Schusswaffe?" „Nein, hatte er nicht, das hätte ich gewusst", eine Antwort mit sorgenvollem Klang. Sein geschultes Auge hatte das vom Blutfleck verdeckte Loch im Boden mit dem zusammen gestauchten Projektil entdeckt.

„Am besten, Sie machen sich auf den Heimweg, mehr können wir jetzt nicht tun. Wir werden die Krankenhäuser und Unfallärzte abtelefonieren und benachrichtigen Sie, sobald eine Auskunft vorliegt. Das wird aber frühestens morgen sein, Ihre Adresse haben wir ja. Aber lassen Sie mir bitte die Schlüssel hier, wir müssen den Raum noch erkennungsdienstlich untersuchen." Voller Ungewissheit begab sie sich auf den Heimweg.

16
EINE FALLE

Das Schicksal nimmt nichts,
was es nicht gegeben hat.
Seneca (4 v. Chr.-65 n. Chr.)

Für Berthold begann der nächste Arbeitstag so wie es sein sollte: sein Weg mit dem Fahrrad zu seiner Dienststelle ging vorbei an Feldern mit grünem Winterweizen, der zwischen den Stoppeln des vergangenen Jahres den Weg ans Licht suchte. Die Vogelwelt war hellwach, Meisen, Stare, Elstern und auch die possierlichen Zaunkönige begannen sich zu paaren und lärmten in Buschwerk an den Feldrainen. Er genoss dies ¼ Stunde und schaltete erst auf dienstbereit, wenn er seinen Drahtesel im Fahrradschuppen seiner Dienststelle abgestellt hatte.

Sofie Blum empfing ihn mit einem freundlichen „Guten Morgen, Herr Reinshagen hat schon nach dir gefragt." „Besser, als wenn ich gleich beim Chef antanzen müsste", entgegnete Berthold lachend. Im Büro von Jürgen saß er bereits mit Gregor Loheim zusammen und es ging um ein ernstes Thema, nach dem Gesichtsausdruck von Gregor zu urteilen.

„Schön, dass du auch schon da bist", sagte Jürgen, aber er lachte freundlich, meinte es nicht als Tadel. „7 Uhr, ich bin pünktlich. Du bist ja immer früher da, weil du sonst noch die Straße vor eurem Haus fegen musst." Allgemeines Gelächter: „Aber jetzt wird's ernst", sagte Jürgen, „der Otto Sommer ist verschwunden und die Polizei hat einen Blutfleck auf dem Fußboden seines Zimmers entdeckt. Seine Freundin hat die Polizei alarmiert und die haben uns heute in der Frühe schon das Protokoll des Vorgangs einschließlich der Wohnungsschlüssel übergeben zur weiteren Bearbeitung."

„Otto Sommer, Otto Sommer", überlegte Berthold, „das war doch der junge Mann, der sich dir als Informant angeboten hat." Gregor nickte: „Genau der." „Berthold, ihr beide seht euch das an, sprecht mit dem Polizisten und den anderen Bewohnern des Hauses. Falls notwendig fordert den Erkennungsdienst im Präsidium an. Und kommt mir nicht ohne Ergebnis zurück." „Jetzt redest du schon genau wie der Alte, das kostet dich eine Runde Nervotin, wenn wir zurückkommen." Jürgen lachte: „Ist in Ordnung."

Mit den Fahrrädern waren sie ¼ Stunde später an dem Haus. Da sie keine falsche Wohnung inspizieren wollten, fuhren sie erst weiter zum Polizeirevier. Polizeimeister Prenzler fuhr mit zurück und zeigte ihnen die richtige Tür und den Fleck auf dem Boden. „Nach Aussage seiner Freundin lag hier ein großer Flickenteppich, der verschwunden ist."

Die Bilder von seinen Beobachtungen in der Nacht vor dem Haus schossen Gregor Loheim durch den Kopf. Der Weiß war mit einer Teppichrolle auf der Schulter aus dem Haus gekommen. Nachdem der Polizeimeister sich verabschiedet hatte, berichtete er Berthold von dieser Beobachtung. „Da haben wir ja einen starken Verdacht, was passiert sein könnte", antwortete der. Sie teilten sich die Wohnungen in dem Haus auf und befragten die Anwohner. Die Antworten waren nahezu gleichlautend: „Mit dem hatten wir keine Kontakte. Das war ein ruhiger Mieter, der nie aufgefallen ist.

Nur ein Anwohner gab folgende Auskunft an der Flur Tür, nachdem er sich überzeugt hatte, dass seine Frau nicht mithörte: „Ich habe ihn immer um seine flotte Freundin beneidet. Falls er nicht wieder auftaucht, könnten Sie mir ihre Adresse geben?" Genauso spaßig gab Berthold zurück: „Ich kenne sie nicht, aber wenn das so ist wie Sie es schildern, wäre ich auch interessiert." Schmunzelnd, trotz des ernsten Themas, verabschiedete man sich.

Zurück im Kommissariat bestellte Berthold den Erkennungsdienst zu einer festen Uhrzeit, Kollege Loheim würde da sein wegen der Schlüssel. Der Bericht beim Chef blieb ihm nicht erspart, der ihm aber nur die übliche Ermahnung „nicht ohne Ergebnis wiederkommen" brachte. Er holte sich bei Jürgen das Nervotin ab.

Der Bericht vom Erkennungsdienst kam schon am nächsten Tag: der Fleck am Fußboden war Blut, das Projektil stammte aus der gleichen Waffe wie beim Mord an dem Agitator Berger verwendet. Zusammen mit den Beobachtungen von Gregor Loheim und den

Bemerkungen von Schwuchtel in der Bierschwemme ergab sich ein dringender Tatverdacht auf Albrecht Weiß.

Berthold besorgte sich eine richterliche Verfügung zur Einsicht in das Mitgliedsverzeichnis der Rechtsradikalen, fuhr zum Parteibüro und wies sich aus als Angehöriger der Kriminalpolizei. Der Vorsitzende war nicht da, konnte auch nicht hergeholt werden, da er nicht zu Hause war, so ein Parteimitglied, der ihn holen wollte.

„Sie haben doch einen Schlüssel", sagte Berthold, „ich muss da rein." Er wedelte mit seinem richterlichen Schreiben dem Partei-Mann vor der Nase herum. Der gute Mann, er stellte sich als Herr Beck vor, wollte ihn nicht herein lassen ohne das Einverständnis des Vorsitzenden. Das amtliche Schreiben zeigte dann doch Wirkung, er schloss auf und zeigte Berthold das Büro. Damit war dieser aber noch nicht weiter, er brauchte das Mitgliedsverzeichnis.

Doch er hatte Glück, ein Hefter mit der Aufschrift „Mitglieder" lag auf dem Schreibtisch. Er schlug die letzte Seite auf, kein Eintrag bei Weiß. Er notierte noch die Anschrift von Klaus Krenz, bedankte sich bei seinem Helfer und verabschiedete sich eilends zum Kommissariat.

Dort bat er Sofie Blum zu prüfen ob Vorstrafen gegen einen Albrecht Weiß vorlagen und seine Adresse aus vorhanden Akten oder dem Einwohnerverzeichnis herauszusuchen. Er selbst fuhr mit Gregor Loheim mit dem Fahrrad Richtung Hedenheimer Feldmark: „Was hast du vor?", fragte Gregor.

„Wir müssen den Leichnam suchen und ich habe eine Idee". „Dann teile mir diese Idee mit, Damit ich weiß, wo ich weitermachen soll, falls du jetzt mausetot vom Rad fällst." Berthold hielt an: „Du hast recht. Es gibt nur einen Ort, der mir spontan einfiel, wo wir nachsehen können: in der Kate deiner Freundin." Bei dem Wort Freundin lächelte Gregor gequält und protestierte aber nur schwach: „Wieso Freundin?" Zugleich schwirrten ihm angenehme Erinnerungen durch den Kopf.

Berthold überhörte den Einwand und fuhr fort: „Ich gehe davon aus, dass der oder die Mörder sich besonders schlau vorkommen, wenn sie das gleiche Versteck wählen wie im vorigen Mordfall. Darauf kommen die Kriminaler nie, oder ähnlich werden sie denken. Vielleicht liege ich falsch, aber einen Versuch ist es wert."

Die Kate war verschlossen, Berthold sah sofort, das polizeiliche Siegel war erbrochen und wieder an den Türrahmen geklebt worden. Es wurde langsam dämmrig: „jetzt haben wir nur unsere kleinen Handfunzeln mit, das ist natürlich nicht gut. Da drin ist es stockdunkel. Wollen wir es trotzdem versuchen?" Gregor nickte: „Jetzt sind wir hier, auf und rein."

Berthold entfernte vorsichtig die Reste des Siegels und öffnete das Schloss mit dem Dietrich. Er kniete noch vor dem Schloss, als Gregor die leicht knarrende Tür nach innen öffnete. Wie vorauszusehen war, alles stockdunkel. Er machte einen Schritt voraus in den Raum. Ein dunkler Schatten kam von rechts angeflogen und versetzte ihm einen kräftigen Stoß. Er taumelte nach der anderen Seite, ein metallisches Schnappen ertönte und dann waren nur noch Gregors Schmerzensschreie zu hören.

Berthold fuhr erschrocken aus seiner knienden Stellung hoch, riss seine Handtaschenlampe vom Jackenknopf und leuchtete in die Hütte. Da lag Gregor und hielt sich unter Schmerzenslauten seinen Knöchel am rechten Bein, der in einem Eisenrahmen steckte. Über ihm pendelte eine menschliche Gestalt, die an einem Strick an der Decke aufgehängt war.

Berthold erkannte sofort, der Kollege ist in eine Schlagfalle getreten. Er kniete neben ihm nieder und drückte unter großer Kraftanstrengung die beiden Hälften der gezackten Schlageisen auseinander, Gregor konnte seinen Fuß aus dem Bereich des schrecklichen Werkzeugs herausziehen. Die Zacken an den halbkreisförmigen Schlageisen der Falle hatten sich in seinen Unterschenkel direkt oberhalb des Knöchels eingegraben. Er musste starke Schmerzen haben und lag stöhnend auf dem Rücken vor ihm.

Berthold war einen kurzen Augenblick ratlos. „Ruhig liegen bleiben, schön tief durchatmen, ich hole Hilfe", sagte er dann und strich ihm beruhigend über das Haar. Er verband die schwach blutende Wunde mit seinem eigenen Unterhemd und schwang sich auf das Fahrrad zu dem ihm bekannten Polizeirevier.

Eine halbe Stunde später war er mit zwei Polizisten und einem kleinen Lastwagen wieder da. Alles war unverändert, Gregor blickte ihm unter Schmerzen, aber sichtlich ruhiger und dankbar entgegen. Er wurde auf die Ladefläche gehoben und auf Bertholds Geheiß zur Uni-Klinik gebracht. Er selbst blieb mit einem Polizisten vor Ort, um notwendige Arbeiten zu erledigen.

Er ließ in der Hütte alles in altem Zustand, nur den aufgehängten Toten, dass es ein Leichnam war, daran gab es keinen Zweifel, wollte er auf dem Fußboden ablegen. Der junge Polizist kletterte ins Gebälk der Hütte, löste den Strick und ließ das bedauernswerte Opfer abwärts auf den Fußboden gleiten. Berthold verschloss die Tür und setzte ein neues Siegel. Er erklärte dem Polizisten, dass ein Wachdienst eingerichtet werden müsste und bat ihn, den ersten Teil der Wache zu übernehmen.

Der war natürlich nicht begeistert, so kurz vor Feierabend. „Ich fahre zu Ihrem Revier und verabrede mit dem Revierleiter, dass Sie um 24 Uhr abgelöst werden. Sobald das Fahrzeug vom Krankenhaus zurückkommt schicken wir es hier her, damit Sie einen Unterschlupf haben, falls es regnet." „Wenn wenigstens meine Freundin hier wäre, dann hätte ich was zum Wärmen", sagte der junge Mann lachend und war schon wieder einig mit seiner unverhofften Aufgabe.

Berthold erledigte seine Aufgabe auf dem Revier und machte sich auf den Weg zurück zum Kommissariat, wo er hoffte den „Alten" noch anzutreffen, um ihn zu informieren und das weitere Vorgehen abzusprechen.

Anschließend wollte er Gregor im Krankenhaus besuchen, so ein Pech aber auch, dass er so verletzt werden musste. Dieser heimtückische Schurke, der diese teuflische Falle gestellt hatte, den Hals möchte man ihm glatt rumdrehen.

Er rief im Präsidium an und bestellte den Erkennungsdienst für den nächsten Vormittag zur festen Zeit. Er würde dann auch hinfahren und die Kate aufschließen. Kollege Jürgen war nicht mehr da, Berthold ging zum Büro vom Kriminalrat, klopfte an und betrat auf das brummige „Herein" den Raum.

Der Chef sah ihn an: „So kurz vor Feierabend doch hoffentlich keine schlechten Nachrichten mehr, Herr Hermann, setzen Sie sich." Der dachte: „Du hast schon so viele schlechte Nachrichten verdaut, mein Alter, da wirst du auch noch diese vertragen", sagte aber: „Loheim und ich haben einen Leichnam entdeckt, ich denke, es ist der von dem Otto Sommer." „Wo?" „In der Kate der Frau Gebert, wo auch der Leichnam des Agitators Berger lag."

„Wie sind Sie denn auf diese verrückte Idee gekommen, dort zu suchen?"

„Ja, nur so eine Idee nach dem Motto: es könnte ja sein, und Treffer!" „Na, hervorragend, da müssten wir eigentlich einen Kognak drauf trinken, aber ich hab Verbot und so heben wir uns das für später auf." „Ich habe in der Hütte alles unverändert gelassen, einen Wachdienst durch das örtliche Revier organisiert und den Erkennungsdienst für morgen früh bestellt."

„Bravo", sagte der Kriminalrat. „Ich muss Ihnen leider noch von einer Verletzung des Gregor Loheim berichten, verursacht durch eine heimtückische Falle, die der oder die Mörder in der Hütte platziert hatten." Der Chef sah ihn an und wartete auf nähere Erläuterungen. Berthold berichtete ausführlich. „Und jetzt will ich noch einen Besuch im Krankenhaus machen."

„Wo gehobelt wird, da fallen Späne", dachte der Alte und sagte: „Ja, das ist sehr bedauerlich. Der Loheim entwickelt sich zu einem tüchtigen Mitarbeiter. Bestellen Sie ihm meine besten Genesungswünsche."

Berthold rief zu Hause an: „Ich komme etwas später, Erklärung dann, habe jetzt keine Zeit." Unwilliges murren und Kindergeschrei von der anderen Seite, er legte auf.

17
KRANKENBESUCH

Was wäre das Leben,

hätten wir nicht den Mut,

etwas zu riskieren.

Vincent van Gogh (1853-1890)

Das mit seinem Krankenbesuch war gar nicht so einfach, es war nämlich keine Besuchszeit und vor der Erlaubnis für einen unerwarteten Besuch, stand ein Hindernis in Person von Oberschwester Gertrud. Die wurde nämlich von der diensttuenden Schwester gerufen, um zu prüfen, ob der Einlass Begehrende würdig wäre für den Besuch der chirurgischen Station 1 der Uni-Klinik.

Schwester Gertrud war eine beeindruckende Persönlichkeit, nicht nur wegen ihres stabilen Körperbaus. Aus dem freundlichen Gesicht musterten zwei lebendige blaue Augen den Besucher: „Nun junger Mann, was veranlasst Sie außerhalb der Besuchszeit hier zu erscheinen und uns von der Arbeit abzuhalten?"

Berthold dachte: „Jetzt muss ich erst mal kleine Brötchen backen." Die Oberschwester hatte natürlich recht, Ordnung musste sein, man konnte nur jeder Krankenstation eine solch resolute Leitung wünschen.

„Kriminalkommissar Hermann vom hiesigen Kommissariat", stellte er sich vor, „wir ermitteln in einem Mordfall. Dabei ist mein Kollege Loheim verletzt worden. Er ist der Einzige, welcher den mutmaßlichen Täter bisher gesehen hat und damit eine wichtige Person für unsere weiteren Ermittlungen. Das ist der Grund für meinen Besuch."

Schwester Gertrud taute auf, sie hakte sich bei Berthold unter: „Na dann, kommen Sie mal mit zum Zimmer des Patienten. Mal sehen, ob er mit Ihnen sprechen will." Gregor saß in einem Rollstuhl neben seinem Bett, das rechte Bein am Knöchel dick bandagiert und hochgelagert auf einer Schiene, welche fest am Rollstuhl angebracht war. Er freute sich über den Besuch und die Schwester sagte: „Wenn Sie ungestört reden wollen, können Sie in das Besuchszimmer nebenan gehen, da ist momentan niemand." Berthold bedankte sich bei ihr, und dann war sie auch schon durch die Tür verschwunden.

Er schob den Rollstuhl in das Besuchszimmer, das war ein guter Vorschlag, Gregor lag nämlich in einem Dreibettzimmer und dort konnte kein Gespräch über ihren Fall geführt werden. „Was macht dein Flunken, ist es eine schwere Verletzung?", fragte Berthold. „Nein, zum Glück nicht. Es sind nur Muskeln im Unterschenkel verletzt, keine Bänder oder Sehnen. Vor allem ist die Achillessehne intakt, bei einem Schaden hieran hättet ihr mich wohl ein Jahr nicht wieder im Kommissariat gesehen."

„Soll ich deine Angehörigen benachrichtigen?" „Meine Eltern wohnen in Marburg, bis die hier sind, um mich zu besuchen, bin ich schon entlassen." „Sonst jemand?" Gregor antwortete nicht gleich und Berthold sagte: „Raus mit der Sprache, ich schweige wie ein Grab." „Ja, Frau Gebert, die hat aber kein Telefon." „Dann fahre ich hin und berichte." Auf Gregors fragenden Gesichtsausdruck sagte Berthold noch: „Keine Sorge, bin keine Konkurrenz für dich."

Beide mussten lachen, unter Freunden konnte man auch schwierigere Themen behandeln. „Was hat der Rat gesagt?" „Nicht viel, wenigstens keine große Kritik. Ich soll dir Genesungswünsche ausrichten. Auch ein verstecktes Lob war dabei über unseren Fund, sparsam zwar, aber immerhin. Jürgen hatte schon Feierabend, als ich zurückkam."

„Kommt ihr denn ohne mich klar?", fragte Gregor spaßig. „Ja, aber der Alte muss wieder mit auf Streife", kam die entsprechende Antwort. „Es wäre schon gut, wenn du bald wieder auftauchst, du bist der Einzige, der den Weiß gesehen hat und ihn wieder erkennen würde. Was meinst du, wie stehen die Chancen?"

„Der Arzt meint, drei Tage muss ich hierbleiben. Ich denke, in einer Woche bin ich wieder im Kommissariat." „Das ist in Ordnung, werde nur wieder richtig gesund." Berthold berichtete von seinen vorbereiteten Maßnahmen für den nächsten Tag, wünschte gute Besserung und verabschiedete sich.

18
ERMITTLUNGEN

Wer immer tut, was er schon kann,
bleibt immer das, was er schon ist!
Henry Ford (1863-1947)

In der Zentrale der Rechtsradikalen war lautstarker Betrieb. Der Vorsitzende tobte: „Bin ich denn von lauter Hornochsen umgeben? Erst schließt ihr die Tür auf, dann drückt ihr dem Schnüffler auch noch die Mitgliederliste in die Hand. Da hättest du ihm auch gleich unser Waffenlager zeigen können", wandte er sich wütend an den stramm vor ihm stehenden Mitarbeiter.

„Er hatte aber einen Bescheid von einem Richter", versuchte der sich zu verteidigen. Aber das kam nicht an: „Fällt dir dazu sonst nichts ein? In den Gully hättest du die Schlüssel werfen können, aber nicht rausgeben sollen. Und dann noch die Liste, die hätte gar nicht mehr da sein müssen, als du den Kriminaler in das Büro geleitet hast", sagte er spöttisch.

Dabei vergaß er, dass er selbst die Mappe offen auf dem Schreibtisch liegen gelassen hatte. „Wer war der Typ?" „Kriminalkommissar Hermann vom hiesigen Kommissariat." „Nach welchen Namen hat er gesucht?" „Nach Weiß, hat aber nichts gefunden. Der Albrecht Weiß steht ja nicht drin." „Ist ja auch kein Mitglied, der Schwachkopf, zum Glück nicht. Wonach hat er noch gesucht?" „Nach Krenz, die Adresse von Klaus hat er sich notiert."

„Wenigstens das hast du dir gemerkt. Ich gebe dir hiermit den Auftrag dessen Wohnung und Familienverhältnisse ausfindig zu machen. Wir werden ihm ein bisschen Feuer unter den Hintern machen. Zieh dir aber neutrale Klamotten an, wenn du auf Tour gehst." Der so angesprochene akzeptierte die kalte Zigarre, welche ihm soeben verabreicht wurde, grüßte militärisch und machte den Abgang. „Nur fort von diesem Wutausbruch", dachte er.

Berthold begann den folgenden Arbeitstag mit der Fahrt zu der Kate. Kurze Zeit nach ihm kamen die beiden Mitarbeiter vom Erkennungsdienst mit einem Kleinlastwagen. Er öffnete die Tür mit dem Dietrich und erklärte die Zusammenhänge mit dem Mordfall Berger, die Männer wussten schon Bescheid durch die Untersuchung von Ottos Wohnung. Sie würden den Leichnam nach erfolgter Untersuchung der Hütte in der Pathologie abgeben: „Den Bericht kannst du morgen um die Mittagszeit im Präsidium abholen", lautete der Hinweis an Berthold. „Einen Dietrich haben wir auch, wir schließen wieder ab", Berthold dankte und verabschiedete sich.

Sein nächster Weg führte ihn zur Witwe Gebert. Auf sein Klingeln an der Etagentür wurde die Tür einen Spalt weit geöffnet und ein mit einem Turban bedeckter

Frauenkopf sichtbar. „Ja, bitte." „Mein Name ist Hermann, ich komme mit einer Nachricht von meinem Arbeitskollegen Loheim." Die Tür wurde etwas weiter geöffnet und Berthold sah, dass die gute Frau Gebert im Morgenrock und offenbar unfrisiert war. Aber alle Achtung, der Turban stand ihr gut.

„Es ist doch hoffentlich nichts passiert?" „Nein, nur ein kleiner Unfall." „Kommen Sie doch herein und nehmen Sie hier Platz, ich bin sofort wieder da", und verschwunden war sie in dem angrenzenden Raum. Berthold sah ihr nach und dachte: „Alle Achtung Kollege Loheim, Mittelalter, aber ein ansehnliches Weib." Schon war sie wieder da, ohne Turban und mit einem geblümten Kleid, hübsch anzusehen. „Erzählen Sie mir was geschehen ist, Herr Hermann."

„Gregor ist am Knöchel verletzt und liegt im Krankenhaus." Er berichtete die ganze Geschichte. Sie hatte sofort eine Idee: „Sie müssen Ihrem Kollegen einen Gefallen tun: holen Sie ihn ab und bringen ihn hierher zu mir. Hier ist er bestens versorgt. In seiner Junggesellenbude kümmerte sich doch keiner um ihn."

„Wem ich damit einen noch größeren Gefallen tue, doch bestimmt dir selbst, liebe Frau Gebert", dachte Berthold. Aber es war ein vernünftiger Gedanke und er sagte zu: „Wird gemacht, ich muss mir nur vom Stationsarzt den frühestmöglichen Termin holen für seine Entlassung." „Sie sind ein Schatz", sagte sie. „Halt, noch brauche ich keine reife Freundin", dachte Berthold. Er verabschiedete sich, die angebotene Tasse Kaffee lehnte er dankend ab, er hatte schon genug Zeit vertan.

Im Kommissariat kam ihm schon Sofie Blum entgegen, sie hatte keine Angaben über Albrecht Weiß gefunden. Er ging zum Chef ins Büro und informierte ihn über den

Stand der Dinge. Man verabredete eine Besprechung für den nächsten Tag nach Erhalt des Berichtes vom Präsidium. Er erhielt die Erlaubnis Gregor mit dem kleinen Auto-Union Wagen vom Krankenhaus zu einer Verwandten, so hatte er Frau Gebert bezeichnet, zu bringen, sobald der Arzt zustimmte.

Jetzt war es Zeit Freund Jürgen zu informieren, aber der war nicht da. Er verzog sich in sein Büro und begann seinen Schreibkram aufzuarbeiten. Kurz darauf steckte Sofie den Kopf zur Tür herein: „Herr Reinshagen ist jetzt da." Er ließ sein Schreibzeug fallen und besuchte ihn in seinem Büro. Jürgen hörte gespannt zu, das waren natürlich wichtige Neuigkeiten. Die wichtigste Frage war, wie kann der mutmaßliche Mörder Albrecht Weiß überführt und gefasst werden. Aber das wollten sie anstehen lassen bis zur Besprechung mit dem Rat am nächsten Tag.

Über die Aktion mit Frau Gebert musste Jürgen doch schmunzeln: „Nur Flausen im Kopf, ihr jungen Leute", bemerkte er dazu. „Ich fahre heute zu Feierabend ins Krankenhaus und will sehen, dass ich die Verliebten möglichst bald zusammenbringe", Berthold wollte sein Wort halten. Nach einem Nervotin zum Feierabend machte Berthold sich auf den Weg zur Uni Klinik.

Diesmal musste er nicht durch die strenge Prüfung der Oberschwester Gertrud, die diensttuende Schwester wusste Bescheid und er konnte Gregor besuchen. Der saß gelangweilt in seinem Rollstuhl und winkte ihm rüber in das Besuchszimmer zu fahren. Eine unausgesprochene Frage lag in seinen Gesichtszügen, die Berthold beantwortete: „Ja, ich war bei Frau Gebert und ich werde dich zu ihr hinbringen, sobald du hier raus darfst. Sie will dich umsorgen, du Glücklicher."

Gregor war sprachlos. „Was sagt der Arzt?", fragte Berthold. Mein Zustand hat sich gebessert, ich kann mit Krücken schon wieder rumlaufen. Es zieht noch etwas in der Wunde, aber ich habe Glück gehabt. Es sind keine bleibenden Schäden zu erwarten, sagt der Arzt." „Ich will dich morgen mit dem Auto Union abholen, du musst mir nur versprechen, dass du dich bei Frau Gebert nicht überanstrengst. Frage, ist der Arzt damit einverstanden?" Gregor musste erst einmal tüchtig lachen, was dachte sein Kollege, inzwischen konnte er ihn schon Freund nennen, nur von ihm?

Im Zimmer der diensthabenden Schwester konnten sie keine Auskunft erhalten: „Ich muss den Arzt fragen", sagte sie, „hat er denn eine vernünftige Pflege in seiner Wohnung?" „Ja, das habe ich, kein Problem." „Ich hole mir die Antwort vom Stationsarzt und komme zu Ihnen in das Besuchszimmer."

Nach einer ¼ Stunde kam sie: „Der Arzt ist einverstanden, der Verband muss aber täglich gewechselt werden. Ich werde Ihnen Verbandsmaterial mitgeben. Den Rollstuhl brauchen Sie nicht mehr, aber gehen nur mit Krücken zur Entlastung des verletzten Beines. In einer Woche bitte noch einmal hier in der Ambulanz oder bei Ihrem Hausarzt vorstellen zur Nachuntersuchung."

„Wann kann ich Herrn Loheim abholen", fragte Berthold. „Kommen Sie morgen nach der Visite so um 11 Uhr." Gregor war erleichtert: „Wunderbar, Schwester Inge, vielen Dank für Ihre Mühe." Berthold macht sich auf den Heimweg und traf seinen Sohn bereits im Schlafanzug an, konnte so noch eine Runde mit ihm spielen und erzählen, dass er morgen mit dem Auto fahren würde. Ehefrau Käthchen musste er später noch genau erzählen, was er den Tag über so getrieben hatte und wie es um

Gregor Loheim stand. Frau Gebert tarnte er dabei ebenso wie dem Chef gegenüber als eine nahe Verwandte von Gregor.

19
MASSNAHMEN

Wer Dummköpfe gegen sich hat,
verdient Vertrauen.

Jean-Paul Sartre (1905-1980)

Konrad Jung saß mit seinem ersten Mitarbeiter Klaus Krenz zusammen: „Ein Schnüffler von der Kripo war hier und Beck der Trottel hat ihm die Tür aufgeschlossen. Dann auch noch die Liste zur Einsicht überlassen, unglaublich so viel Dummheit." „Was wollte er denn sehen?", fragte Krenz.

„Da fragst du noch, nach deinem Namen hat er gesucht und deine Adresse notiert. Außerdem hat er die letzte Seite aufgeschlagen und nach Weiß gefragt. Zum Glück steht der nicht drin." „Was will er denn mit meinem Namen?" „Mit deinem Namen kann er nichts anfangen, du bist nicht belastet, bei Weiß ist das schon anders. Du musst damit rechnen, dass du Besuch von den Herrn vom

Kommissariat bekommst. Ich vermute die wollen von dir wissen, wo der Weiß steckt."

„Albrecht ist verschwunden. Ich weiß auch nicht, wo er steckt, denke er ist mit seinem Freund untergetaucht und macht sich ein paar lockere Tage." „Den müssen wir loswerden, der muss von hier verschwinden. Wenn die Kripo ihn fasst und er singt, sehen wir alt aus." „Wie sind die auf uns gekommen?"

„Ganz einfach, da war ein Spion in der Schwemme und hat rumgehört. Wir müssen noch vorsichtiger sein." „Der Spion hat gebüßt, von dem droht keine Gefahr mehr. Aber was machen wir mit Weiß?" Überlegen lächelnd sah ihn Jung an: „Ich habe da schon meinen Plan, hör mir gut zu, damit nichts schief geht."

Berthold schwang sich aufs Rad. Sein Vater, ein Frühaufsteher, hatte schon die Kette nachgespannt und alles geölt. Er war der Meinung, dass sein Sohn das wertvolle Opel Fahrrad vernachlässigte. Berthold war es recht, das war eine der Aufgaben, die der Vater als Pensionär brauchte.

Im Büro ging er zum Chef und holt sich die Erlaubnis, Gregor Loheim zu seiner Verwandten zu transportieren. „Wann kommt der Bericht vom Präsidium?", fragte Herr Weber. „Soll am späten Vormittag kommen Herr Kriminalrat." „Kommen Sie dann zu mir und bringen Sie den Reinshagen mit."

Berthold machte einen Abstecher in Jürgens Büro und berichtete die anstehenden Neuigkeiten. Den Rest des Vormittags widmete er seinem Schriftkram, um ½ 11 dann Abfahrt zum Krankenhaus. Gregor war schon bereit. Oberschwester Gertrud erschien ebenfalls zur Verabschiedung und drückte auch Berthold noch einmal herzlich an ihre Mutterbrust: „Sie sind wirklich ein treuer

Freund, so schnell hat noch niemand einen Patienten von unserer Station geholt."

„Wir brauchen ihn auch im Kommissariat bei der Verbrecherjagd", sagte er lachend. „Hoffentlich ist er gut aufgehoben bei seiner Tante." „Das mit der Tante glaubt sie uns nicht, ist aber egal", dachte Berthold. Sie verabschiedeten sich und Gregor humpelte an Krücken neben Berthold her. „Ist noch ungewohnt, geht aber schon ganz gut", sagte er.

Bei Frau Gebert wurden sie freudig empfangen. Berthold versprach in kurzen Abständen vorbeizukommen, damit die Rückkehr ins Kommissariat so bald wie möglich gelingen könnte.

Im Kommissariat kam Sofie Blum ihm entgegen und schwenkte einen großen Umschlag: „Vom Präsidium gekommen." Er las in seinem Büro die einzelnen Punkte durch, holte Jürgen ab und ging mit ihm zum Chef. „Setzen Sie sich meine Herren. Was gibt es Neues?"

„Zuerst eine Nachricht von Gregor Loheim, ich habe ihn zu seiner Verwandtschaft gebracht, er darf schon wieder mit Krücken laufen. Zu dem Bericht über den Mord: Punkt 1, Tod durch Kopfschuss, der Leichnam wurde erst danach aufgehängt. Der Tod ist vor 36 bis 48 Stunden eingetreten. Punkt 2, keine verwertbare Spuren, die auf den Täter schließen lassen in der Kate. Punkt 3, die Schlagfalle ist ein Uraltmodell, keine Hinweise auf den Hersteller oder Verkäufer. Punkt 4, wie bereits mitgeteilt nach der Untersuchung der Wohnung des Opfers, gleiche Waffe wie beim Mordfall Berger. Punkt 5, das Präsidium bittet einen Angehörigen zu schicken wegen Identifizierung des Opfers und Klärung der Bestattung. Punkt 6, der Leichnam wird zur Bestattung freigegeben."

Der Kriminalrat legte die ihm verbotene Zigarre zur Seite: „Da haben wir den Salat, keine Spuren. Wie wollen Sie weiter vorgehen, Herr Hermann?" „Ich werde als Erstes mit der Freundin von Sommer in die Pathologie fahren, sie muss den Leichnam identifizieren."

„Als Erstes lassen Sie Abschriften von dem Bericht für mich und Herrn Reinshagen machen, wer weiß was Sie uns alles verschwiegen haben." Sein Lächeln zeigte, das war nicht so ernst gemeint. „Dann können Sie die Freundin aufsuchen. Halten Sie Kontakt mit Loheim, wir sind wahrlich dünn besetzt."

Berthold machte sich auf zur Gärtnerei Heger, die Adresse hatte er von Gregor. Er nahm den Wagen, anschließend musste er ja noch ins Präsidium. Eine flotte Verkäuferin fragte nach seinen Wünschen. Seine Gegenfrage: „Fräulein Fries?", beantwortete sie mit einem Kopfnicken. „Mein Name ist Kriminalkommissar Hermann, ich komme vom hiesigen Kommissariat." Er wies sich aus. Sie wurde eine Spur blasser im Gesicht: „Was ist mit Otto?" „Sie müssen mit mir ins Präsidium fahren. Ist Ihr Chef hier?" Sie rief: „Herr Heger."

Als er erschien wandte Berthold sich an ihn und stellte sich vor: „Ich muss Ihnen Fräulein Fries entführen. Wir brauchen sie für eine Zeugenaussage." Der Inhaber der Gärtnerei hatte nichts dagegen, es war ja etwas offizielles: „Wann kommt sie wieder zurück?" „Ich denke in zwei Stunden." „Dann stelle ich mich so lange in den Laden", dachte Heger.

„Ich habe möglicherweise eine schlechte Nachricht für Sie", sagte Berthold im Auto auf ihre Frage, „wir müssen Sie bitten das Mordopfer zu identifizieren." Sie sank zusammen mit Tränen in den Augen. Er strich ihr beruhigend über das Haar.

Dann ging es ganz schnell: „Ja, es ist Otto", sagte sie unter Tränen nach einem kurzen Blick auf das Gesicht mit der Schusswunde. „Ich fahre Sie nach Hause", sagte Berthold. Sie nickte und sagte ihm Straße und Hausnummer. Er ging mit ihr in die kleine Zwei- Zimmer Wohnung. „Ein trauriger Tag für Sie", sagte er als er ihr gegenübersaß, „aber auch solche Tage gibt es im Leben" und kam sich dabei überheblich vor. „Ich fahre zu Ihrem Chef und melde Sie für die nächsten beiden Tage ab. „Sie nickte zustimmend. „Hat Ihr Freund Angehörige hier?" „Ja, im Nachbardorf. Ich werde sie benachrichtigen, die müssen ja auch einen Bestatter beauftragen."

Berthold durfte seinen eigentlichen Auftrag nicht vergessen: „Hat Otto irgendwelche Unterlagen hier, die uns weiterhelfen können bei der Aufklärung des Verbrechens?" „Hier ist sein Tagebuchheft mit einem Bild von einem Typ aus seiner Kneipe, der mit ihm anbändeln wollte und ihm ein Bild von sich gegeben hat. Aber das war überhaupt nicht Ottos Ding, außerdem ist es strafbar."

Berthold konnte es nicht glauben, sollte das Bild von dem Weiß sein? Das musste er schnellstens Gregor zeigen. Er schrieb eine Empfangsbescheinigung aus und fuhr zu dem Gärtner, der keine Einwände gegen die freien Tage für Hilde hatte und anschließend zu Frau Gebert, wo Gregor ihm bestätigte: „Das ist ein Bild von Weiß."

Im Büro ging er zu Jürgen Reinshagen und zeigte ihm die Unterlagen von Hilde Fries. „Ich mache jetzt einem Besuch bei dem Krenz …." Bevor er weiterreden konnte sagte Jürgen: „Da kannst du nicht allein hin, ich komme mit." Krenz wohnte in einem ansehnlichen Einfamilienhaus am Stadtrand. Auf ihr Klingeln öffnete ein etwa 35-jähriger Mann und fragte freundlich nach ihrem Anliegen. Als er hörte Kriminalpolizei wurde sein

Gesichtsausdruck und der Ton deutlich unfreundlicher. Hinter ihm wurden zwei uniformierte Männer sichtbar: „Geht mal raus und seht Euch ein bisschen um", sagte er zu ihnen. „Ich gehe auch raus zum Wagen", sagte Jürgen zu Berthold. „Die Reifen sind schnell platt gestochen, wenn ich jetzt nicht aufpasse", dachte er.

Krenz dachte nicht daran ihn die Wohnung zu bitten: „Was haben Sie denn für ein Anliegen?", fragte er Berthold an der Haustür. „Wir brauchen eine Aussage von einem gewissen Albrecht Weiß. Können Sie uns sagen, wo er sich aufhält?" „Den kenne ich nicht und kann Ihnen deshalb auch nicht sagen, wo er ist." „Das stimmt nicht, wir wissen, dass Sie sich in der Bierschwemme länger mit ihm unterhalten haben." „Da laufen viele Typen rum, die ich nicht alle kennen muss." „Herr Krenz, wir haben Details Ihres Gespräches mit Weiß protokolliert, den kennen Sie bestimmt."

Nach dieser forschen Behauptung von Berthold Hermann wurde Krenz sichtbar unsicher. Berthold setzte nach: „Falls wir hier vor der Haustür nur unbefriedigende Antworten bekommen, müssen wir Sie ins Kommissariat vorladen. Also bitte, wo können wir den Weiß antreffen?" Krenz dachte: „Bloß das nicht, Konrad macht mich zur Schnecke, der kann kein Aufsehen gebrauchen."

„Weiß, Weiß? Kann sein, dass ich mit ihm gesprochen habe, aber dem Namen nach kenne ich ihn nicht." Berthold zeigte das Bild von Weiß: „Wir haben ein Bild von ihm, erinnern Sie sich jetzt?" „Verdammt", dachte Krenz, „wo haben die das Bild her?" „Ja der war manchmal in der Bierschwemme. Ich kann Ihnen aber zu seiner Person keine Angaben machen. Er ist auch nicht Mitglied in unserer Partei." „Er hatte einen Freund, mit dem hat er in der Bierschwemme recht vertraut getan.

Können Sie uns zu dessen Person Angaben machen?"
„Nein, auch nicht."

„Das ist sehr bedauerlich, aber ich fertige jetzt im Auto ein kurzes Protokoll unseres Gespräches an und komme dann noch einmal zu Ihnen." „Wenn es denn sein muss", knurrte Krenz. Berthold ging zum Auto, er hatte noch eine andere Idee. Jürgen Reinshagen unterhielt sich mit den beiden Uniformierten aus dem Haus. Er hatte Zigaretten verteilt und Spannungen abgebaut. Berthold nahm ihn zur Seite: „Frag doch mal nach Schwuchtel, so auf die kumpelhafte Art, vielleicht erfährst du was." Jürgen nickte: „Verstanden."

Berthold machte sein Protokoll fertig, ließ es sich abzeichnen und fuhr mit Jürgen zurück. Der grinste: „Du hast die richtige Idee gehabt. Die Jungs sahen das als ein Thema unter Männern, welches noch interessanter wurde, weil ein Kriminaler sich mit solch verbotenem Kram abgab." „Mach's nicht so spannend, was hast du erfahren?" „Eine Anschrift in der Karburger Straße, wo sich die Jungs treffen, und ihre Schwänze messen." „Das passt aber nicht ins Protokoll, Herr Kriminalkommissar." „Ich habe nur die Worte der uniformierten Herren wiederholt. Beschwere dich nicht, du wolltest die Auskunft ja haben."

Berthold klopfte ihm auf die Schulter: „Gut gemacht alter Schnüffler, ich spendiere eine neue Flasche Schlitzer Korn für deinen Nervotin Ordner. Das Problem ist nur, wir kennen Schwuchtel nicht, da müssen wir Gregor mitnehmen und der ist noch nicht so weit."

20
BEGEGNUNG

Wenn der Himmel regnen will,
Und eine Witwe heiraten will-
Dann kann nichts sie hindern!
Chinesisches Sprichwort

Frau Gebert strahlte Berthold an, als sie auf sein Klingeln die Tür öffnete: „Schön, dass Sie kommen." „Ich wollte nach unserem Patienten sehen." Er zweifelte nicht daran, dass es ihm gut ging. Die Hausfrau sah jedenfalls glücklich, ausgeglichen und zufrieden aus. So wie jemand, der unverhofft einen zweiten Frühling erlebt.

Gregor Loheim kam Berthold schon im Flur entgegen: „Oh, die Kripo kommt, hoffentlich mit guten Nachrichten." Sie begrüßten sich herzlich: „Was macht deine Verletzung?" „Heilt prächtig." „Er läuft mir schon wieder überall im Weg herum", mischte Frau Gebert sich ein. Berthold sagte: „Da habe ich eine gute Nachricht für Sie, ich will ihn hier wegholen, wir brauchen ihn." „Nein, ich lasse ihn nicht weg", sagte sie lachend, „ich fühle mich nicht sicher ohne männlichen Schutz." „Erst mal müssen wir jetzt in die Klinik zum Chirurgen, der muss sein Einverständnis geben."

Das sah sie natürlich ein und sie fuhren Richtung Klinik: „Frau Gebert wirkt jung und ausgeglichen, da hast du gute Arbeit geleistet", sagte Berthold. Gregor lachte halb geschmeichelt, halb verschämt: „So sieht sie immer aus, du Schöntuer." Er lief, ohne seine Krücken zu benutzen in die Station, hatte dort Glück und kam ohne große Wartezeit in das Sprechzimmer.

Ohne Krücken erschien er wieder im Wartezimmer und sagte strahlend: „Gesund, du kannst mich gleich mitnehmen zum Kommissariat." Auf dem Weg zum Auto blieb Berthold stehen, deutete auf eine junge Frau, die zum Eingang ging und rief: „Lene." Ja, sie war es: „Berthold, das ist ja eine Überraschung, ich will zu einem Seminar in die chirurgische Abteilung." „Schön dich zu sehen, alles gesund und munter?" Sie nickte: „Darf ich dir meinen Kollegen Gregor Loheim vorstellen, er hat gerade eine Verletzung auskuriert."

Gregor trat einen Schritt näher und gab ihr mit einer artigen Verbeugung die Hand. Berthold bemerkte, dass sie ihn einen Augenblick länger als notwendig ansah. Ein Gedanke fuhr ihm wie ein Blitz durch den Kopf: die Beiden passen zusammen! Lene verabschiedete sich: „Ich muss rein, alles Gute und Grüße an den kleinen Ronald und seine Mutti." Sie sahen hinter ihr her, Gregor bewundernd, Berthold mit etwas Wehmut. „Was hältst du von ihr?", fragte er. „Chic, chic", antwortete Gregor.

Auf der Fahrt zurück hing jeder seinen Gedanken nach. Berthold setzte Gregor an der Haustür ab: „Ich rechne morgen wieder mit dir im Dienst. Neuigkeiten erfährst du dann, ich muss jetzt zurück."

Vor Gregor lag eine schwere Aufgabe: „Liebe Berte, ich bin gesund und muss wieder arbeiten. Leider bedeutet das, ich muss wieder in meine Wohnung ziehen." „Warum, du kannst von hier aus zum Kommissariat fahren. Dein Fahrrad stellen wir in meinen Keller." Berte Gebert war in Aufregung, dass sie den jungen Mann nicht auf Dauer halten könnte, war ihr klar. Aber so schnell wollte sie ihn nicht hergeben.

Er nahm sie in die Arme: „Du hast einzigartig für mich gesorgt, warst die letzten vier Tage einfach spitze. Hast mich aber auch ganz schön rangenommen, egal, ich habe es genossen." Sie sah ihn glücklich lächelnd an: „Bleib hier." „Geht nicht, wenn ich im Dienst bin muss ich erreichbar sei." Er wusste, das war eine Notlüge. „Die haben mir extra ein Telefon gelegt", das stimmte allerdings. Sie wandte sich ab, Tränen kullerten. Er fragte sich: „Können Frauen Tränen produzieren, wie sie wollen?", sagte aber: „Deshalb ist unsere Beziehung doch nicht zu Ende. Ich werde dich besuchen und du kochst mir deinen guten Kaffee."

Es waren noch mehr tröstende Worte nötig, bevor er sich verabschieden konnte. Er war ehrlich gegen sich selbst, das waren Tage wie im Märchenland gewesen und er würde die Märchenfee in dieser märchenhaften Geschichte wohl nie vergessen können.

21
WO IST WEIß?

Überall geht ein frühes Ahnen
dem späteren Wissen voraus.
Alexander von Humboldt (1769-1859)

„So, du hattest also Besuch von der Kripo", Krenz
nickte, er saß Jung gegenüber, „hoffentlich hast du nichts
ausgeplappert." „Der hat von mir nichts erfahren, ich habe
ihn noch nicht einmal rein gelassen." „Was wollte er denn
wissen?" „Die suchen Albrecht Weiß und hatten sogar ein
Bild von ihm. Ich habe gesagt, ich wüsste nicht, wo er
steckt. Aber was ist mit ihm?"

"Um den mache dir keine Sorgen, der ist aus unserem
schönen Hessenland verschwunden, wohin, sage ich dir
nicht, dann kannst du es auch nicht ausplaudern, wenn die
dich in die Mangel nehmen."

Es klopfte an der Bürotür, Parteimitglied Beck kam
herein und legte einen Zettel auf den Tisch: „Das ist die
Adresse von dem Schnüffler Hermann von der Kripo", er

blieb vor dem Tisch stehen und erwartete offenbar ein Lob für geleistete Arbeit. „Na endlich", knurrte Jung, „da habe ich gleich eine wichtige Mitteilung für Euch beide. Keinerlei Maßnahmen gegen die Roten und schon gar nicht gegen Polizei oder Kripo. Unser Gauleiter macht mich persönlich davor verantwortlich, dass diese Maßnahme bis auf Weiteres strikt eingehalten wird. Nach den nächsten Wahlen werden die Herrschaften sich wundern. Also vergiss diese Adresse. So, das war´s." Damit waren seine Besucher entlassen.

„Der hatte aber eine miese Laune", sagte Beck draußen. „Hat wohl Druck von ganz oben", antwortete Krenz, „aber damit muss er selber klarkommen."

Im Kommissariat wurde der genesene Gregor Loheim mit lautem Hallo begrüßt: „Endlich, Jürgen, leg die Füße hoch, es geht aufwärts", rief Berthold. Frau Blum brachte für alle Kaffee und Gregor musste erst mal seine Wunden am Fuß zeigen. „Sie Ärmster, das sieht aber übel aus", Frau Blum bedauerte ihn. Die gezackten Wundränder waren noch nicht ganz verheilt und sahen tatsächlich grausam aus.   „Jetzt hat er eine mütterliche Verehrerin mehr", dachte Berthold, „ich muss ihn unbedingt noch einmal mit Lene zusammenbringen."

„Ist aber schon tüchtig abgeheilt", sagte Gregor. „Kein Wunder, das macht die Intensivpflege bei seiner Tante", Jürgen konnte es sich nicht verkneifen bei seiner Bemerkung Berthold grinsend anzusehen. Der Kriminalrat erschien und die Versammlung löste sich auf. Gregor meldete sich bei ihm zurück. „Ja, Herr Loheim, in unserem Beruf kann man im Dunkeln nicht einfach irgendwo hintreten, man muss stets mit dem Schlimmsten rechnen. Ich freue mich, dass Sie es so schnell geschafft haben, wieder hier zu erscheinen, Ihr Kollege Hermann hat sicher ausreichend Beschäftigung für Sie." Und damit war er verabschiedet.

Berthold setzte sich mit ihm und Jürgen Reinshagen zusammen, um den Einsatz in der Karburger Straße zu besprechen. Sie einigten sich auf einen Plan, den Jürgen erklärte und die Aufgabenverteilung festlegte.

Er hielt es doch für besser den Chef zu informieren, ging dann in dessen Büro und teilte ihm mit, wie sie den Aufenthalt des mutmaßlichen Mörders erfahren wollten. Kriminalrat Weber hörte schweigend zu, griff dann zum Telefon und führte ein Gespräch in dieser Angelegenheit. „Sie wissen jetzt, wie sie reagieren müssen, falls etwas schiefgeht, lieber Reinshagen", sagte er abschließend. Der dachte: „Donnerwetter, der Alte hat doch was auf dem Kasten", informierte aber Berthold und Gregor nicht über das Gespräch.

Bei beginnender Dunkelheit fuhren die drei Kripobeamten mit dem Auto-Union Wagen zur Karburger Straße. Gregor hatte nachmittags die Örtlichkeit erkundet und hielt an einer Straßenecke an. „Das betreffende Haus ist drei Häuser weiter. Ich gehe jetzt hin, Ihr könnt nachkommen und Euch unauffällig auf beide Straßenseiten verteilen, wie besprochen."

„Hoffentlich haben uns die Männer an dem Haus von Krenz keinen Bären aufgebunden und die treffen sich ganz woanders", sagte Jürgen als der Kollege sie verlassen hatte. Anders Gregor, der hatte keine Bedenken, er dachte. „Gute Vorbereitung ist der halbe Erfolg, das geht schon klar." War das jugendlicher Leichtsinn oder realistische Einschätzung des Vorhabens? Wichtig für das Gelingen des Planes war, dass Krenz nicht da war. Der würde ihn als einen Spion erkennen, der auch schon in der Bierschwemme rumgeschnüffelt hatte.

Vor dem Haus stand eine Gruppe von drei Männern. Als die sahen, dass er in die Schankstube wollte, deren Tür offenstand, rempelte ihn einer an: „Wo willst du denn hin? Das kostet Eintritt hier." Gregor war kein Schwächling, er rempelte zurück: „Unfreundlich sein kann ich auch", und sah den Rempler drohend an, „ich will nur eine Auskunft."

Ein anderer aus der Gruppe sagte schlichtend: „Langsam, langsam. Wenn das so ist, dann rücke erst mal eine Runde Torpedos raus, dann sehen wir weiter." Gregor atmete auf: „Zum Glück habe ich die Schachtel Belgas eingesteckt", dachte er. Nur Feuer hatte er keins, aber da konnten seine neuen Freunde, wie er sie insgeheim nannte, helfen. Er wollte nicht mit der Tür ins Haus fallen, „Lass die Jungs mal ein Gespräch anfangen", war sein Gedanke. „Das ist aber ein starkes Kraut, wo hast du die denn her?", fragte der friedlich gewordene Rempler.

Gregor hatte, als nur gelegentlich Rauchender, seine liebe Not mit der Zigarette, die er sich angesteckt hatte, um Freundschaft zu demonstrieren: „Gibt es im Kiosk am Hauptbahnhof, aber nur unter der Theke. Die sind nämlich aus Belgien und nicht verzollt. Der Schlaumeier verkauft die aber nur knapp unter dem normalen Preis." „Nun mal raus mit der Sprache, was willst du von uns wissen?", nahm das Gespräch die von unserem Kriminalisten gewünschte Wendung.

Jetzt kam es auf ihn an, er sah auf der anderen Straßenseite Berthold wie zufällig vorbei schlendern, Gregor war erleichtert. Er hatte Hilfe, wenn es notwendig werden sollte. „Ich suche einen Freund, der mir versprochen hat, ich könnte ihn in der Bierschwemme jederzeit treffen. Aber dort ist er nicht." Gelächter bei seinen Zuhörern: „Ja, ja, ungetreue Freunde, das ist nicht

Neues, frage mal Ernst", sie deuteten auf einen in ihrer Runde, „der hat diese Erfahrung auch gemacht."

„Wie heißt der Typ?" „Albrecht." „Albrecht, Albrecht? Das könnte doch der Freund von Schwuchtel sein. Ernst, hol den mal raus, der sitzt drinnen an der Theke." Der ging in den Schankraum und kam kurz darauf wieder zurück, aber ohne Schwuchtel: „Er sagt, den siehst du so schnell nicht wieder, der ist über alle Berge Richtung Küste. Das Pflaster hier wurde ihm wohl zu heiß. Schwuchtel will aber selbst auch rauskommen." Hatte Schwuchtel leichtfertig ausgeplaudert, was Jung selbst seinem engen Mitarbeiter Krenz vorenthalten wollte?

Gregor ahnte Ärger, eigentlich wusste er alles, aber einfach abhauen konnte er jetzt nicht. Er sah sich nach Berthold um, der lief auf der anderen Straßenseite. Jürgen war auch da, was er aber nicht sehen konnte, war der Wagen mit vier Schutzpolizisten, der hinter ihrem Auto-Union Wagen stand.

Schwuchtel kam aus dem Schankraum, deutete auf Gregor und rief nach kurzem Zögern: „Das ist ein Schnüffler von der Kripo, jagt ihn zum Teufel." Gregors drei „Freunde" sahen ihn ungläubig an: „Stimmt das?", fragten sie und hielten Gregor an den Armen fest. Weitere Gäste kamen aus der Gaststätte und fragten: „Was ist passiert?"

Berthold gab Jürgen ein Zeichen und stürmte Richtung Schankstube. Jürgen ebenfalls, gefolgt von den vier Polizisten. Als sie ankamen hatte Gregor schon einige grobe Püffe abbekommen. Die Polizisten umringten ihn schützend und Berthold fragte seinen Kollegen: „Wo hast du die denn hergezaubert?" Der Wirt der Gaststätte erschien und rief: „Männer beruhigt Euch und geht wieder zurück in die gute Stube, ich spendiere eine Runde."

Zu den Polizisten sagte er: „Diese Hitzköpfe, bei jeder Kleinigkeit flippen sie aus. Hoffentlich hat der Herr hier keine Unannehmlichkeiten gehabt." Der Angesprochene schüttelte den Kopf: „Alles halb so schlimm." Alle Besucher der Gaststätte waren schleunigst verschwunden, wer wollte schon etwas mit der Polizei zu tun haben?

Gregor sagte zu Jürgen: „Ich weiß, wo der ist, wir können die Aktion abbrechen." Er nickte und gab den Polizisten die Beendigung ihres Einsatzes bekannt. Ein Grund zu weiteren Maßnahmen sah er nicht, das würde nur noch mehr Unruhe schaffen. Sie hörten nicht das hämische Lachen von Schwuchtel, als dieser zu dem Wirt sagte. „Das hat geklappt, lass die mal suchen." Wenig später war der Platz vor der Schankstube menschenleer.

Im Kommissariat gab es dann aber doch noch ein Nervotin in Jürgens Büro und Gregor berichtete was sich zugetragen hatte. „Also zur Küste haben die den Weiß gejagt, das hatten wir doch schon einmal." Berthold nickte: „Da kommt wieder eine Dienstreise auf einen von uns zu. Aber wo kam die Polizei denn so schnell her?" Jürgen berichtete von seinem Gespräch mit dem Alten und dessen schnellen Handeln.

„Alle Achtung, da hatte er aber wieder einmal den richtigen Riecher. Wir dürfen ihn noch nicht in Ruhestand schicken, er wird hier noch gebraucht." Die Frage an Gregor wegen seiner Schläge, die er erhalten hatte, beantwortete dieser lachend: „Halb so wild, Hauptsache Erfolg!" Berthold fragte noch: „Fährst du jetzt zu deiner Tante oder nach Hause?" Worauf dieser lachend erwiderte: „Hör auf mich zu ärgern, gib mir mal die Telefonnummer von deiner Lene." Was dieser auch tat mit einer leichten Wehmut.

„Mein süßes kleines Biest, habe ich dich jetzt verraten?", fragte er sich, „nein, habe ich nicht, nur geholfen endlich eine feste Bindung zu finden. Vielleicht?"

Am nächsten Morgen erschien frühzeitig Kriminalrat Weber im Büro von Jürgen Reinshagen: „Wie ist die Aktion in der Karburger Straße gelaufen?", fragte er. „Ich hole Hermann und Loheim, dann können wir Sie ausführlich informieren, Herr Kriminalrat." „Dann bestellen Sie gleich noch eine Runde Kaffee bei Frau Blum."

Berthold und Gregor erschienen, ebenso der Kaffee. Der Rat saß auf dem Besucherstuhl, Jürgen hinter seinem Schreibtisch, Berthold und Gregor standen, mehr Sitzgelegenheiten waren in Jürgens Büro nicht vorhanden.

„Nun meine Herren, berichten Sie, was gestern Abend alles schief gegangen ist." Jürgen war jetzt dran: „Seien Sie nicht enttäuscht, Herr Kriminalrat, nichts ist schief gegangen. Das haben wir allerdings in erster Linie Ihnen zu verdanken, Ihre Idee mit der Schutzpolizei war Gold wert." Der Chef strahlte. „Auch Vorgesetzte brauchen ihre Streicheleinheiten", dachte Jürgen, „zu Hause wird er Meckern genug bekommen."

„Was ist passiert?", fragte er. „Das kann Herr Loheim Ihnen am besten selbst erzählen." Gregor berichtete und der Chef strahlte immer noch: „Ja, auf uns Alte ist Verlass, meine Herren. Wir wissen damit zwar nicht genau, wo unser Freund ist, können aber in den Hafenstädten eine Suchaktion starten, dort kann er auf einem Schiff am schnellsten verschwinden. Ich werde die Fahndung veranlassen, ein Bild haben wir ja. Machen Sie mir noch eine Personenbeschreibung. Nach der Sachlage besteht ja kein Zweifel daran, dass Weiß der Täter in beiden

Mordfällen ist, beweisen müssen wir ihm das allerdings noch."

Berthold gab Bild und Personenbeschreibung noch am gleichen Tag nachmittags bei Jürgen ab, der alles überprüfte und dann dem Chef überreichte. Kriminalrat Weber brachte am nächsten Tag die Fahndungsunterlagen auf den Weg in die Hafenstädte Hamburg, Bremen, Wesermünde, Emden, Wilhelmshaven und Cuxhaven. Auf eine Ausdehnung der Fahndung in die Ostseehäfen verzichtete er, da der Flüchtige sicher die nächstliegenden Städte ansteuern würde.

22
EIN RENDEZVOUS

Man braucht nichts im Leben zu fürchten,
man muss nur alles verstehen.

Marie Curie (1867-1934)

In der Kinderklinik klingelte das Telefon. Lene, die gerade im Stationszimmer war, nahm ab. Eine ihr fremde Stimme sagte: „Könnte ich Fräulein Lohn sprechen?" Sie überlegte, wer kann das sein, einfach „nein", oder? Automatisch antwortete sie: „Am Apparat." „Entschuldigen Sie, dass ich so einfach anrufe, aber ich habe Sie einmal gesehen und Sie haben einen tiefen Eindruck in meinem Herzen hinterlassen. Mein Name ist Gregor Loheim, ich bin ein Kollege von Berthold Hermann." Gregor versprach sich von seiner romantischen Wortwahl eine positive Wirkung, was auch so war.

Sie erinnerte sich: „Ach der Typ am Krankenhaus, ein Anruf von Berthold wäre mir jetzt lieber." „Das haben Sie aber lieb gesagt, aber ich muss Ihnen sagen, dass Sie nicht der Erste sind, dem das so ging." Gleich darauf tat es ihr leid, den Anrufer so vor den Kopf gestoßen zu haben. Der erwiderte: „Ich möchte unser Gespräch gerne fortsetzen, wann kann ich Sie treffen?" Gregor ging direkt auf sein Ziel los.

Lene dachte: „O je, ein neuer Verehrer, ich habe den Staatsanwalt noch nicht ganz verdaut." Eine gewisse Sympathie für den jungen Mann machte sich allerdings bemerkbar: „Sie haben es aber eilig, ich habe einen anstrengenden Beruf, aber morgen frei. Wenn Sie wollen, dürfen Sie mich morgen um fünf hier abholen." Sie nannte Straße und Hausnummer und war selbst erstaunt über ihre schnelle Zusage. Gregor war glücklich: „Ich bin pünktlich da."

Erst als er aufgelegt hatte, sah er das Problem, wie sollte er sie abholen, ein Auto hatte er nicht, mit dem Fahrrad, nein, er entschied sich: „Ich erscheine zu Fuß." Berte Gebert fiel ihm ein, war das jetzt Verrat an ihr? Nach einigem Nachdenken kam er zu dem Schluss: Nein, war es nicht, sie würde schon einsehen, dass er eine Partnerin passenden Alters haben müsste.

Am nächsten Tag fuhr er mit dem Fahrrad bis in Kliniknähe und stellte das Rad einen Häuserblock vor er angegebenen Adresse ab. Pünktlich um fünf Uhr stand er vor der Tür. Lene erschien einige Minuten später und musste sich erst besinnen, ach ja das ist der junge Mann.

Sie hatte ihn ja nur flüchtig gesehen und ihr Augenmerk hatte dabei Berthold gegolten.

Beide waren bei der Begrüßung noch etwas befangen, aber als er die hinter seinem Rücken verborgene Hand hervorzog und ihr einen kleinen Veilchenstrauß überreichte, war das Eis gebrochen: „Das ist aber lieb von Ihnen, den Strauß bringe ich noch schnell nach oben und stelle ihn in eine Vase." „Hoffentlich kommt sie wieder", dachte er, aber Augenblicke später war sie wieder da. „Was für ein Prachtstück", war sein Gedanke jetzt, wie sie da als frische junge Frau im hellblauen Kostüm so vor ihm stand.

„Was haben Sie denn mit mir vor", fragt sie und brachte ihn damit in Verlegenheit. „Ich dachte, wir gehen ein Stück spazieren, vielleicht gibt es in der Nähe eine Gaststätte, wo wir einkehren und uns unterhalten könnten." Das Gartenlokal, in welches sie Albert Schuchardt sie geführt hatte, fiel ihr ein: „Ja, gibt es, bitte folgen", sagte sie und lächelte ihn dabei schelmisch an, „1/4 Stunde laufen müssen wir aber." Das war ihm recht, Hauptsache sie war zufrieden.

Der Wirt lächelte sie freundlich an, kannte er sie etwa noch von dem Besuch mit Schuchardt? Das war aber schon einige Wochen her und sie hatte in der Zwischenzeit nichts von ihm gehört. Sicher hatte ihn seine Trixie wieder vereinnahmt. Ein Gespräch mit Gregor kam nur zäh in Gang, er wusste einfach nicht, wie er anfangen sollte. Sie bestellte einen Apfelwein, süß gespritzt, er ein Bier und sagte „Prost".

Nach einigen belanglosen Themen wie Wetter und Freizeitbeschäftigung fragte sie schließlich: „Was hat Sie denn veranlasst mich um ein Treffen zu bitten?" Diese Frage brach Gregors Hemmschwelle, er fühlte sich plötzlich leicht und frei: „Als ich Sie vor dem Krankenhaus sah, war ich sofort von Ihrer Erscheinung gefangen. In mir kam eine Stimmung hoch, die man mit ´die oder keine´ umschreiben könnte. Ich bin glücklich, dass ich Ihnen jetzt gegenübersitze und möchte Ihnen meine Freundschaft und das du anbieten, ich bin Gregor." „Da will ich mich nicht zieren, ich bin Lene." Sie gab ihm die Hand: „Kein Küsschen?" fragte er. Sie lachte: „So schnell geht das nicht, vielleicht später." Das Gespräch floss jetzt leicht und flüssig dahin, wenn auch nur über belanglose Themen gesprochen wurde.

Als sie dann auf dem Rückweg vor ihrer Wohnung ankamen, sagte er: „Das hat mir so gefallen, das müssen wir wiederholen. Was macht Lene am Wochenende?" Sie lachte: „Samstag habe ich frei, Sonntag muss ich arbeiten." „Wann soll ich dich abholen?" „Samstag um 7 Uhr würde passen." „Und jetzt krieg ich den versprochenen Kuss zum Abschied." Sie gab ihm einen flüchtigen Hauch von einem Kuss auf die Wange und stand schon in der Haustür. „Ich komme dann Samstag um 7 Uhr", rief er ihr noch nach, sie nickte und weg war sie.

Er machte einen Umweg zu seinem Fahrrad, Zeit zum Träumen brauchte er, dann fuhr er nach Hause.

23
REINGELEGT?

Geradeaus kann man nicht sehr weit kommen.

Antoine de Saint-Exupery (1900-1944)

Die ersten Rückmeldungen bezüglich Fahndung nach Albrecht Weiß kamen von den Küstenstädten und am Wochenende war aus allen Städten die fast gleichlautende Meldung da: „Keine Person gleichen Namens und, soweit überprüfbar, gleichen Aussehens, ist hier festgestellt worden. Kontrolliert wurden die Einwohner-Meldeämter und die Heuerbüros der Reedereien. Es werden weitere Kontrollen durchgeführt."

Vom Kriminalrat wurden diese Mitteilungen an Jürgen Reinshagen weitergegeben, mit der Bemerkung: „Wir warten noch eine Woche ab." Jürgen rief Berthold und Gregor in sein Büro und die Frage stand im Raum, warten bringt nichts, was machen wir jetzt?

Zunächst ratloses Schweigen, bis Berthold fragte: „Hast du noch einen anderen Bekannten als den ermordeten Maulwurf in der Bierschwemme kennen gelernt?" Gregor antwortete: „Nein, hab ich nicht." „Jetzt wieder das Mitgliederverzeichnis einsehen wäre zu auffällig, aber ich habe noch einen gewissen Beck im Sinn, der mir damals die Tür aufgeschlossen und von Jung sicherlich einen gehörigen Anranzer bekommen hat. Aber wie kommen wir an ihn ran?" „Gregor, nimm dir das Einwohnerverzeichnis und such alle Becks raus. Die musst du dann abklappern, Berthold."

Die Liste, welche Gregor an Berthold weitergab, war überschaubar: 12 Namen mit Adresse hatte er notiert. Berthold fing bei Nummer 1 an. Da es Samstag war, traf er die Becks auch weitgehend an. Nummer 1 schied aus, das war ein Rentner in fortgeschrittenen Alter, nicht seine gesuchte Person, deren Aussehen er noch im Gedächtnis hatte. Er entschuldigte sich: „Ich suche einen Herrn Beck, Alter etwa 35 Jahre, den ich vor einigen Tagen kennengelernt habe, dessen Adresse ich aber verlegt habe. Können Sie mir da weiterhelfen? Ihre Anschrift habe ich aus dem Einwohner-Verzeichnis."

„Kenne ich nicht, meine Verwandtschaft wohnt im Rheinland." Knall, und die Tür war zu. Bei der nächsten Adresse traf er eine etwa 40-jährige Frau an, die unter I. Beck auf der Liste eingetragen war. „Ich bin alleinstehend, Sie können gerne hereinkommen", sagte sie auf seine Frage. Die Tür stand weit offen, er folgte der Einladung, hatte aber nicht mit den Folgen gerechnet. In der Wohnung saßen weitere zwei Frauen, die ihn drängten auf dem Sofa neben ihnen Platz zu nehmen.

„Oh je, was kommt da auf mich zu?", dachte er, „hier muss ich schnellstens wieder raus." Frau Beck kam mit einer Tasse Kaffee für ihn. Die Damen hatten ihn auf dem Sofa und Sessel eingekreist und prosteten ihm mit Likörgläsern zu. Im Nu stand auch vor ihm ein gefülltes Likörglas, er prostete zurück und kam sich hilflos vor. „Wie komme ich hier elegant wieder raus?", fragte er sich erneut.

Es klingelte und eine vierte Frau erschien, alles ansehnliche Personen. Berthold beschloss, ehrlich zu sein: „Jetzt wird mir angst und bange, Frau Beck. Ich komme lieber mal wieder, wenn Sie alleine sind." Allgemeines Gelächter: „Das nehme ich als festes Versprechen." Berthold nickte und verschwand eilig durch die Flur Tür, während hinter ihm das Gelächter anhielt.

An der nächsten Adresse sah ihn der Gesuchte Beck an, Volltreffer. Er war erschrocken: „Ist was passiert, Sie sind doch von der Polizei", sagte er. Berthold beruhigte ihn: „Nein, keine Sorge, kann ich Sie einen Moment sprechen?" „Kommen Sie rein, meine Frau ist einkaufen und der Sohn noch in der Schule." Berthold dachte: „Das trifft sich gut, ich kann ungestört mit ihm reden."

Sie setzten sich an den Küchentisch in der bürgerlich eingerichteten Wohnung. „Sie haben mir an Ihrer Parteizentrale die Tür aufgeschlossen und dafür sicher Kritik einstecken müssen", begann Berthold Hermann. Beck zuckte mit den Achseln: „Wenn schon, na und?" Er blieb reserviert.

„Herr Beck, wir ermitteln in einem zweifachen Mordfall, kennen den Mörder aber nicht seinen Aufenthaltsort." Berthold beschloss direkt auf sein Ziel loszugehen und erzählte ihm von der Aktion an der Karburger Straße: „Wir haben Zweifel, ob die Information stimmt, die wir dort erhalten haben." „Da kann ich Ihnen auch nicht weiterhelfen." „Doch können Sie, es geht darum einen gemeinen Mörder zu finden und wir wollten Sie um Ihre Mitarbeit bitten." „Wie soll das geschehen, ich habe kürzlich erst im Auftrag unseres Vorsitzenden Ihre Privatadresse ausgespäht." Ein eisiger Schreck durchfuhr Berthold, waren Käthchen, Ronald und die Eltern gefährdet? Beck fuhr fort: „Sie können aber beruhigt sein, gleich im Anschluss daran wurden jegliche Maßnahmen gegen Polizei und die Roten verboten." Berthold atmete auf: „Die Wahrheit kann man nur in der Bierschwemme erfahren. Mein Kollege und ich können uns da nicht mehr sehen lassen, man kennt uns als Polizeiangehörige. Ich bitte Sie deshalb, sich dort umzuhören, der Typ, welcher allgemein Schwuchtel genannt wird, weiß bestimmt wo der zweifache Mörder Weiß sich versteckt. Wenn Sie uns das mitteilen könnten, wären wir schon ein Stück weiter."

Man sah Beck an, dass er schwankte, einerseits hielt er treu zu seiner Parteiorganisation, andererseits war er ein rechtschaffener Mann, der hier Gelegenheit hatte mitzuhelfen einen Mörder zu finden. „In Ordnung, Ich will Ihnen und damit der Gerechtigkeit helfen. Bedingung: Ich werde nicht öffentlich erwähnt und mein Tun und Handeln bleibt unbekannt. Wie stellen Sie sich das Ganze vor?"

Berthold schlug vor, dass er sich bei Schwuchtel als ehemaligen kurzzeitigen Arbeitskollegen von Weiß ausgeben sollte und gerne gewusst hätte wo er abgeblieben wäre. Beck antwortete: „Ja mache ich. Kommen Sie am

Mittwochvormittag so um 1o wieder zu mir, dann kann ich Ihnen berichten, ob ich was erfahren habe. Meine Frau hat dann einen Friseurtermin und wir können ungestört reden." Berthold staunte über den schnellen Entschluss seines Gegenübers, war aber froh, seinen Plan so weit in Gang gebracht zu haben.

Die Flurtür wurde aufgeschlossen und eine Frauenstimme rief: „Hallo Dicker, wo bist du?" „Meine Frau", sagte Beck und eine junge Frau im hellen Sommermantel erschien, sie mochte etwa 25 Jahre alt sein. Sie strahlte den Besucher mit ihren geröteten Wangen freundlich an: „Ein Arbeitskollege", sagte ihr Mann und Frau Beck begrüßte ihn freundlich. Alles an ihr war rund und wirkte gemütlich: „Hat er nichts angeboten? Ich mache Ihnen einen Kaffee." Er wollte dankend ablehnen, ging aber nicht: „Ist schon in Arbeit", kam ihr Einwand.

Sie verschwand im Flur, um ihren Einkauf zu verstauen: „Ich bin bei der Feuerwehr, Vorname Karl", flüsterte Beck Berthold zu. Der nickte verstehend, Beck wollte seine Frau aus der Aktion heraushalten. „Wir machen das wie besprochen. Ich bin hier zu einem reinen Freundschaftsbesuch."

Der Kaffee kam und am Tisch entstand ein freundliches Plaudern um alltägliche Dinge. Nachdem Frau Beck alles über seine Familie wusste und er den Kaffee dankend ausgetrunken hatte, verabschiedete sich Berthold Hermann von dem freundlichen Ehepaar und wünschte schönes Wochenende. Aufatmend machte er sich auf den Weg zum Kommissariat und fuhr dann mit dem Fahrrad nach Hause.

2 4
IN DER PULVERMÜHLE

Das Glück liegt nicht nur in den Ekstasen der Liebe,
sondern in einer sehr tiefen geistigen Harmonie.
Dostojewski (1821-1881)

Gregor Loheim war nervös. Das Treffen mit Lene am
heutigen Samstagabend schwirrte schon den ganzen Tag
in seinem Kopf herum. Vormittags war er beim Friseur,
anschließend hatte er die Städtischen Bäder besucht und
seinen kommissarischen Körper einer gründlichen
Reinigung unterzogen und jetzt stand er fertig angezogen
vor seinem kleinen Spiegel im Flur, viel zu früh. Er hatte
eine beige Hose und ein leichtes hellbraunes Jackett
ausgewählt aus seinem nicht sehr umfangreichen
Kleidungsbestand. „Chic siehst du aus, Gregor alter
Junge", sagte er zu sich selbst.

Er beschloss den Weg zur Klinik zu Fuß zu gehen, warum
sollte er hier zu Hause noch eine Stunde tatenlos

rumhängen? Viele Gedanken gingen ihm durch den Kopf, auch sein ungelöstes Problem, Berte Gebert, beschäftigte ihn. Als er an Lenes Wohnung ankam war er immer noch zu früh und er drehte eine Ehrenrunde. Und dann stand sie schon vor der Tür und kam ihm strahlend entgegen: „Da bist du ja, alter Kommissar, die Diebe und Mörder haben dich tatsächlich laufen lassen."

Er nahm sie in den Arm und drückte sie tüchtig, trotz ihres leichten Widerstandes, den er verspürte, auf der Straße gehörte sich das nicht. Er war einfach nur glücklich. Sie liefen ein Stück die Straße entlang: „Was wollen wir heute denn gemeinsam anstellen?", fragte er. Sie hatte einen Vorschlag: „Lass uns doch in die Pulvermühle gehen, da ist es gemütlich bei flotter Musik." Eifersucht regte sich in ihm, mit wem war sie wohl vor ihm schon dort gewesen? „Einverstanden", sagte er, „da müssen wir allerdings mit dem Bus in die Stadt fahren."

In der Gaststätte an der Lahn waren schon einige Tische belegt, da die Kapelle aber erst ab 8 Uhr spielen sollte, war mit weiteren Besuchern zu rechnen. Der Kellner wies ihnen einen Fensterplatz zu. Gregor hätte gerne neben Lene gesessen, ging aber nicht, es war ein Zweiertisch mit gegenüberstehenden Stühlen. Die Kapelle erschien, drei junge Männer südländischen Aussehens in der Besetzung Geige, Gitarre und Schlagzeug.

Nach den ersten musikalischen Stücken war klar, das waren spitzen Musiker. Gregor wusste, dass seine Tanzkünste den Fähigkeiten der Musikanten nicht gerecht würden, er wollte sich bloß nicht vor Lene blamieren. Neue Besucher erschienen und Lene rief: „Grete, hier.

134

Eine Arbeitskollegin mit ihrem Freund", sagte sie erklärend zu Gregor. Sie sprach mit dem Kellner und sie erhielten einen gemeinsamen Vierertisch, freilich nicht am Fenster, aber Gregor war an seinem vorläufigen Ziel, er saß neben Lene.

Gregor war gefordert, er tanzte mit Lene zu „was weiß ich für Klängen" und es klappte ganz gut. Gretes Partner war ein Profi, er führte seine Partnerin gekonnt über das Parkett. Gregor forderte Grete auf und holperte auch mit ihr über die Tanzfläche. Der Schlagzeuger kam ihm bekannt vor. Er drehte Lene beim nächsten Tanz in Richtung Kapelle und Schreck: das war Schwuchtel. Er winkte ihm freundlich zu, bemüht jede Konfrontation auch in Lenes Interesse zu vermeiden. Schwuchtel winkte zurück. „Kennst du den Typ?", fragte Lene. „Ja, flüchtig." Die Musik hatte Pause, Gregor brachte seine Angebetete, seinen Augenstern, wie er sie insgeheim nannte, zurück zum Tisch und ging zur Kapelle. Schwuchtel sah ihm unsicher entgegen: „Also heute keinen Streit, Kapellmeister. Ihr habt mir in der Karburger Straße ein paar tüchtige Schläge verpasst, aber das ist jetzt vergessen, einverstanden?" Schwuchtel strahlte: „Du bist in Ordnung, heute genießen wir den Abend, keine Feindschaft." Gregor fragte: „Was trinkt ihr?" Schwuchtel blickte fragend zu seinen Kollegen: „Zwei Bier und einen Rotwein." „Kommt sofort!" Er bestellte beim Kellner und ging zurück zum Augenstern.

Lene fragte: „Was hast du mit dem Schlagzeuger besprochen?" „Ich habe der Kapelle ein Getränk bestellt, damit alles friedlich bleibt." Sie sah ihn erstaunt an, sollte es etwa Streitereien geben? Er ahnte ihre Besorgnis: „Keine

Sorge, alles in bester Ordnung." So ganz wohl war ihm bei seiner Handlung allerdings nicht. Als verantwortungsbewusster Polizeibeamter hätte er anders reagieren müssen, das war ihm klar. Aber den so schön angefangenen Abend mit Lene...., nein, den wollte er sich nicht kaputt machen.

Von der Musik war ein Tusch zu hören und der Schlagzeuger sprach ins Mikrofon: „Wir danken dem edlen Spender für seine Erfrischung und bitten Tisch 14 mit Damen auf die Tanzfläche." Lene sah Gregor überrascht an: „Du hast einen Tanz für uns bestellt, du Schelm." Am meisten überrascht war Gregor, damit hatte er nicht gerechnet, er winkte Grete mit Partner ebenfalls auf die Tanzfläche. Schwuchtel strahlte und Gregor reckte dankend den Daumen hoch, als er an der Kapelle vorbei tänzelte. Er drückte seinen Augenstern eng an sich und schmuste sie ab, soweit sie es zuließ.

Am Tisch wollten die beiden jungen Frauen dann Näheres wissen, woher er die Kapelle kannte und wie er auf die Idee gekommen war einen extra Tanz zu bestellen. Er antwortete kurz und knapp und das Gespräch nahm wieder seinen normalen Gang. Mit Stolz stellte er fest, sein Augenstern war die Schönste in der Runde. 12 Uhr, die Kapelle machte Schluss und wurde noch zu einigen Freigetränken eingeladen. Schwuchtel kam an Gregors Tisch und wünschte artig noch einen schönen Abend, wobei seine besondere Aufmerksamkeit dem Partner von Grete galt, diesem begabten Tänzer. Gregor ging zum Kellner, bezahlte die Rechnung und besprach noch etwas mit ihm.

Die beiden Paare verabschiedeten sich vor der Pulvermühle und Gregor führte Lene zielstrebig in Richtung seiner Wohnung: „Zehn Minuten Fußweg bis zu meiner Wohnung, da können wir noch einen Kaffee trinken oder uns eine Portion Eier in die Pfanne hauen." „Denk dran, ich muss morgen um fünf aufstehen", antwortete Lene. Sie hatten gemeinsam einen herrlichen Abend erlebt und sie mochte Gregor sehr. Zum ersten Mal hatte sie das Gefühl, einen Partner an der Seite zu haben, der das ewige Standbild von Berthold verdrängen könnte.

In seinem kleinen, aber gemütlichen Wohnzimmer machte er das Angebot: „Du kannst bei mir übernachten, Süße, ich habe zwar nur ein Bett, kann aber hier auf dem Sofa schlafen." „Das hast du dir ja schön ausgedacht, du Schlimmer", sie zog ihn am Ohrläppchen, „aber daraus wird nichts." „Wenigstens heute nicht", dachte sie. „Ich muss morgen um fünf aufstehen und hellwach sein." Er schenkte noch ein Glas Rotwein ein, vom Kellner in der Pulvermühle kurz vorher gekauft, so was hatte er nicht auf Vorrat, und kam zu seinen sehnsüchtig erwarteten „echten" Küssen und den Schmuseeinheiten.

„Wie hast du dir denn meinen Rückweg vorgestellt?", fragte Lene, Eier wollte sie nicht mehr. „Wir fahren mit meinem Fahrrad, du sitzt vorne auf der Querstange, ein schönes weiches Kissen habe ich schon bereitgelegt." „Hilfe, der Mann will mich umbringen", rief sie lachend, fand den Transport auf dem Rad dann aber ganz amüsant.

Vor ihrer Haustür wollte er einen neuen Termin für das nächste Treffen wissen, sie verwies ihn aber auf das Telefon, er sollte am Montag wieder anrufen. Im ihrem

Zimmer lag sie auf dem Bett und war einfach glücklich, so einen schönen Samstagabend hatte sie lange nicht erlebt. Hätte sie doch bei ihm übernachten sollen? Wenn man Männer hinhält werden sie untreu, dachte sie, aber wir werden ein nächstes Mal haben.

Er strampelte beschwingt nach Hause. Das Abenteuer mit Schwuchtel hatte er fast schon wieder vergessen. Er beschloss Berthold Hermann nichts davon zu erzählen.

25
BECKS BERICHT

Ein tapferer Mann stirbt nur einmal,
ein Feigling jeden Tag.
Babek (9. Jahrhundert Aserbeidschan)

Berthold Hermann hatte ein erholsames Wochenende verlebt und kam gut gestimmt am Montag ins Kommissariat. Er berichtete Jürgen Reinshagen von seiner Aktion am Samstag bei Familie Beck. Jürgen sagte: „Das beichten wir dem Alten erst, wenn sich ein Erfolg einstellt." Das war ganz in Bertholds Sinn.

Gregor erschien, Berthold wollte nicht fragen, aber war da etwas mit Lene gelaufen? Dann konnte er es doch nicht lassen: „Na, wie war das Junggesellen-Wochenende? Was hat deine Tante denn Sonntagmittag auf den Tisch gebracht?" Gregor lachte: „Nix Tante, ich habe eine Bratwurst am Bahnhofskiosk gegessen, lecker, lecker!" Mehr ließ er sich nicht entlocken.

Dabei hätte er erzählen können, dass er vormittags bei der „Tante" war und einen Blumenstrauß überreicht hatte, mit einem herzlichen Dankeschön für die Unterbringung nach seinem Krankenhausaufenthalt. Er hatte sie aber nicht alleine, sondern mit ihrer Freundin angetroffen. Zum Glück, sonst hätte es vielleicht noch eine dramatische Aussprache gegeben. Er wollte ihr Lene beichten, hatte es aber nicht gemacht, da sie Besuch hatte. Das stand ihm also noch irgendwann bevor.

Berthold erzählte ihm von seinem Besuch bei Beck. Gregor dachte: „Lieber Berthold, ich könnte dir auch was zu diesem Thema erzählen, mache es aber nicht." Der Rest des Tages verging mit Schreibarbeit im Büro. Vom Chef kam die Nachricht, dass aus den Küstenstädten keine neuen Meldungen über den Verbleib des gesuchten Mörders eingetroffen seien.

Gregor rief gleich nach Dienstschluss bei Lene an, eine Kollegin holte sie ans Telefon. Auf seine Frage nach einem neuen Treffen sagte sie: „Ich muss die ganze Woche hart arbeiten, aber Sonntag habe ich frei." „Und Montag auch, da werde ich mir noch überlegen, wo ich dieses Mal übernachte", dachte sie und musste schmunzeln ob ihrer frivolen Gedanken. „Wann darf ich dich abholen?", fragte er. „Überhaupt nicht", kam als Antwort und jagte ihm einen eisigen Schreck ein, „ich komme zu dir, weiß ja jetzt, wo du wohnst. Um Eins bin ich bei dir, wir gehen dann gemeinsam essen. Für nachmittags überlege dir einen schönen Spaziergang." „Einverstanden, ich komme dir aber ein Stück entgegen. Gehe den Weg, den wir mit dem Rad gefahren sind." Er war sprachlos, sie hatte ihn total überrumpelt.

Berthold fieberte dem Mittwoch entgegen. Er klingelte wie verabredet um 10 Uhr an der Wohnungstür, Beck öffnete: „Kommen Sie herein." Beck schildert anschaulich das Treffen: „Montag war Schwuchtel nicht da, gestern kam er etwa um sieben Uhr. In der Bierschwemme waren nur vier Gäste. Schwuchtel stellte sich neben mich an die Theke: „Na, Feierabend-Durst?", fragte er. „Aber tüchtig, hier sind wir ja an der richtigen Quelle." Ich bestellte noch ein Bier für Schwuchtel und prostete ihm zu. „Was macht eigentlich Kollege Weiß, den sieht man ja gar nicht mehr?" „Der ist auf Reisen, aber warum fragst du nach ihm?" „Ich meine er wäre mal kurze Zeit mein Arbeitskollege gewesen, und da er sonst fast jeden Abend hier war, fragt man sich einfach wo ist er abgeblieben?"

„Der Chef hat ihn weggeschickt, es gab etwas Aufregung um seine Person. Ich habe ihn zum Bahnhof gebracht, seine Fahrkarte lautete auf Wesermünde, wer weiß wo das Nest liegt." „Warum so weit weg, da hätte er sich auch in einem Dorf im Landkreis verstecken können." „Nein, der Chef wollte, dass er auf einem Schiff anheuert, damit er wirklich weg ist. Das macht er aber nicht, er kommt schnellstens wieder zurück, er hat mich angerufen." Schwuchtel ergänzte grinsend: „Hat halt Sehnsucht nach mir." Ich fragte: „War die Polizei denn hinter ihm her?" Schwuchtel nickte und wandte sich einem anderen Besucher zu, sein Bierglas war leer und von seinem neuen Gesprächspartner wurde ihm bestimmt noch ein Bier spendiert. Spendiert schmeckt so ein Getränk halt am besten.

Beck beendete seinen Bericht, dem Berthold aufmerksam zugehört hatte: „Muss nach Hause zu Frau und Kind, habe ich ihm noch gesagt." „Herr Beck, Sie haben ganze Arbeit geleistet, ich danke Ihnen. Das große Rätsel ist, wo verkriecht er sich, wenn er zurückkommt? Da müssen wir uns noch was einfallen lassen. Sie sollten auf keinen Fall noch einmal das Thema ansprechen, um sich nicht in Gefahr zu begeben, als Spion entlarvt zu werden." „Mache ich auch nicht, bin doch nicht lebensmüde." Berthold dankte noch einmal und verabschiedete sich herzlich von diesem aufrechten Mann.

Im Kommissariat berichtete er Jürgen Reinshagen, der ihn dann zum Chef mitnahm. Kriminalrat Weber hört dem Bericht aufmerksam zu: „Herr Hermann, Sie haben gute Arbeit geleistet", war sein Kommentar, „Herr Reinshagen richten Sie eine Überwachung für alle aus dem Norden einlaufenden Züge am Hauptbahnhof ein. Sie können auf unsere jungen Leute zurückgreifen. Jeder muss ein Bild und eine Personenbeschreibung von Weiß bekommen. Das Ganze muss natürlich unauffällig durchgeführt werden. Das wäre alles meine Herren. Wenn er auftaucht, muss er festgenommen werden."

26
KUTTER „MÖWE"

Alle Dinge erreichen den, der wartet.
Wolfgang Ernst Pauli (1900-1958)

Albrecht Weiß stand in dem engen kleinen Raum, ihm gegenüber saß der Heuerbaas hinter einem wackligen Schreibtisch und fragte: „Name, Wohnort?" Weiß hatte sich vorher zurechtgelegt, was er antworten wollte: „Berger, Ilja. Wohnort Gießen Karburger Straße 48", das war die Anschrift der Gaststätte „Schankstube" in der Karburger Straße.

„Die Ausweispapiere", Weiß reichte ihm den Personalausweis seines Mordopfers. Der Baas studierte die Eintragungen: „Da steht Wohnort Berlin drin." „Ja, bin umgezogen und habe noch keine Gelegenheit gehabt mich umzumelden." „Das Foto stimmt auch nicht. Die Fahrkarte liegt hier drin, die lautet allerdings auf Abfahrt in Gießen." „Habe mich verändert, die ewigen Sorgen um das liebe Geld, Sie wissen ja."

Der Baas sah ihn an und grinste: „Mit den Papieren kannst du nicht auf einem Fischdampfer anheuern, du musst erst mal auf einem Kutter dein Glück versuchen. Der fischt im Wattenmeer und der Wesermündung." Weiß nickte: „Ist in Ordnung." „Kutter „Möwe" liegt vor Halle 10, Fischer Hein Söhl, der braucht einen Decksmann. Du kannst jetzt hingehen, der Fischer ist an Bord, da gibt es ja immer was zu tun, und mit ihm alles weitere besprechen. zwei Mark bekomme ich von dir für die Vermittlung."

Weiß zahlte und stand wieder auf der Straße. Schräg gegenüber war ein Kiosk, dort wollte er erst mal seinen Hunger stillen. Bevor er etwas bestellen konnte sagte der knurrige Verkäufer: „Macht zwei Mark." Weiß guckte verdutzt, er hatte doch noch gar nichts bestellt. „Ja da staunst du, hier gibt's nur Flaschenbier mit Frikadelle, Senf kostet nicht extra." Er würzte die Frikadelle mit einem Schlag Senf. Weiß stellte sich neben das Fenster und genoss seine Mahlzeit.

Die letzten beiden Tage waren hektisch verlaufen, erst die überstürzte Abreise mit dem Zug, Schwuchtel hatte ihn zum Bahnhof gebracht. Er hatte ihm den Schlüssel zu seiner Wohnung gegeben, sollte er während seiner Abwesenheit doch dort wohnen, besser als Leerstand seines Hauses. Dann die Ankunft in dem fremden Nest Wesermünde. Mühsam hatte er sich zu einem Heuerbüro durchgefragt und jetzt stand er hier im Fischereihafen und sollte sich verstecken, so die Order, mit der er losgeschickt wurde.

Er machte sich auf den Weg zum Liegeplatz des Kutters, nachdem er eine Wegbeschreibung von dem Frikadellenverkäufer erfragt hatte. Kutter „Möwe" war schnell gefunden, an Deck rumorte ein graubärtiger dicker Kerl herum: „Guten Tag Herr Söhl, ich bin vom Heuerbüro an Sie vermittelt worden." „Ein Herr Söhl gibt es hier nicht, ich bin Hein. Komm an Bord."

Weiß stieg über die schmale Planke an Bord des Kutters. Der Schipper musterte ihn misstrauisch: „Was hat der Baas mir da für einen Heini geschickt", sagte er, „warst du schon in der Fischerei?" „Nein, ich komme aus dem Binnenland und suche Arbeit." „Arbeit gibt's genug, hast du denn eine Unterkunft?" „Nein, noch nicht." „Dann richte dich mal in der Vorpiek ein, da kannst du pennen." Weiß fragte: „Welchen Lohn bekomme ich bei dir?" Der Schipper lachte: „Haha, Geld willst du auch noch. Du kriegst satt zu essen und einen Platz zum Schlafen. Wenn der Fang noch etwas abwirft bekommst du was ab. Sonst nicht. Aber ich werde schon dafür sorgen, dass du dir ab und zu was für die Pfeife anlachen kannst." Er schlug Weiß kräftig auf den Rücken.

„Mach nur deine Arbeit ordentlich, sonst werde ich sehr ungnädig!" Weiß zog ab in Richtung seiner zugewiesenen Behausung. Das war nur ein armseliges Loch. Der Schipper warf ihm eine Matratze und zwei Decken hinterher: „Damit du dir die Eier nicht abfrierst. Wie heißt du eigentlich?" „Ilja Berger." „Kann ich mir nicht merken."

Kurze Zeit später brüllte Hein Söhl an Deck: „Iller, komm raus aus deinem Rattenloch, an Deck gibt's Arbeit." Weiß musste die Körbe vom letzten Fang reinigen und stapeln, dann das Holzdeck schruppen und spülen. Anschließend wurden die Netze zusammen mit dem Schipper für den nächsten Fang vorbereitet. Bei Einbruch der Dämmerung sagte Söhl: „Du hast jetzt frei, morgen früh um fünf musst du wieder hier sein. Wenn du in eine Kneipe willst, die Kehle anfeuchten, dann hier lang und an der Hauptstraße nach links."

Bevor er sich in sein tristes Loch begab, beschloss Weiß, ein Bier zu trinken, vielleicht auch eine Bekanntschaft zu machen. In der „Karibik Bar" traf er eine trinkfreudige Runde von Hafenarbeitern und Seeleuten an. Er setzte sich an den Tresen und bestellte ein Bier. „Mit Glas?", fragte der Wirt. „Flasche", antwortete Weiß und lag damit vollkommen richtig, keiner trank hier aus einem Glas. Eine Stimme neben ihm sagte: „Na Süßer, gibst einen aus?" Eine blond gemachte etwa 50-jährige stand neben ihm und lächelte ihn verführerisch an: „Ne, heute nicht", sagte er und streifte ihren Arm ab, der sich um seine Schulter gelegt hatte.

Sie ging zwei Schritte weiter und sagte zu dem dort sitzenden Gast: „Puh, der mag nur Männer." Der war wohl ihr Freund oder Zuhälter, er rief: „Leute, hier sitzt ein Schwuler, den sollten wir uns mal vornehmen." Zu Weiß sagte er: „Suchst hier wohl einen Freund, du Hinterlader. Da hast du hier kein Glück, also verpiss dich, sonst gibt's was von denen die nichts kosten."

„Lass mich in Ruhe, ich will nur mein Bier trinken." Ein anderer kam dazu, nahm das Glas von Weiß und schüttete ihm den restlichen Inhalt in den Kragen: „Damit du nicht zu lange brauchst für dein Bier." Für Weiß gab es nur eins, raus aus dieser Spelunke, bevor er Schläge bekam.

Der Wirt rief: „Ruhig, Leute, der geht ja schon." Weiß warf eine Mark auf den Tresen und flüchtete auf die Straße. Hinter sich hört er das Gejohle der Kneipengänger. Das Hemd klebte ihm am Rücken, sein Zorn war unbeschreiblich, er brauchte ein Ventil. An einem Zaun, auf der gegenüber liegenden Straßenseite, riss er eine Latte ab und schlug an zwei vor der Kneipe stehenden Fahrrädern die Speichen krumm und entzwei. Dann beeilte er sich und verschwand um zwei Straßenecken Richtung Fischereihafen.

In der Dunkelheit war Kutter „Möwe" gar nicht so leicht zu finden in dem weitläufigen Fischereihafen. Er fragte einen Passanten nach dem Weg. „Kutter „Möwe", da ist ja der alte Hein Söhl Schipper. Da wünsche ich dir viel Glück, mein Junge, bei dem hält sich keiner lange. Der ist ein Sadist." Weiß dachte: „Da kommt ja was auf mich zu."

Am nächsten Morgen war Weiß beim ersten Geräusch an Deck auf den Beinen. Er hatte in seinem Notquartier gut geschlafen, Hemd und Unterhemd waren an der Reling getrocknet. Der Schipper startete die Maschine, Weiß sah aufmerksam zu. Er löste Vor- und Achterleine von den Pollern auf der Pier und mit Hein Söhl am Steuer nahm der stolze Kutter „Möwe" Fahrt auf Weser abwärts entlang der Wurster Küste.

Hein rief Weiß in das Deckshaus: „Hier nimm das Ruder (Steuerrad)." Er setzte sich mit einer Muck Kaffee neben ihn und erklärte ihm die Bedeutung der grünen und roten Tonnen an der Fahrrinne. „Wir fischen gleich im

Wattenmeer mit dem Granatgeschirr auf Krabben und schleppen ein kleines Netz hinter uns her, vielleicht erwischen wir noch etwas Butt (Scholle) und ein paar Aale. Ich zeige dir jetzt, wie der Baum für das Granatnetz ausgebracht wird. Guck dir das genau an, ich zeige dir´s nur einmal, das nächste Mal machst du es allein."

Sie schwenkten gemeinsam die Netze an Backbord und Steuerbord aus und mit langsamer Fahrt ging es über das Watt. Ein kleines Netz warf der Schipper am Heck nach achtern aus.

Eine halbe Stunde Fahrt und mit der Winde wurden die beiden Granatnetze eingeholt. Der Fang, kleine Garnelen, wurde in Körbe ausgeleert und Weiß musste den Beifang aussortieren. Seesterne, Krebse und kleine Fische warf er zurück ins Wasser, größere Fische sortierte er in einen anderen Korb. Die Garnelen wurden in einem Kessel in Meerwasser gekocht und die Bäume mit den Netzen wieder ausgeschwenkt. Bei Beginn des Ebbstromes steuerte der Schipper den Kutter an den Rand des Fahrwassers, da das Watt trockenfiel.

„Schwenk aus", schrie er vom Deckshaus und Weiß beeilte sich die Netze für einen neuen Fang auszubringen. Das Netz am Heck des Kutters wurde eingeholt und brachte einen ordentlichen Fang an Schollen, Wittling, Aalen und zwei Seezungen. Der Schipper war guter Laune: „Das bringt ein paar Mark, aber erst gibt's was zu beißen."

Er holte eine nicht ganz saubere Pfanne und briet an Deck eine ordentliche Portion Fisch mit Zwiebeln und Speck. „Hast du ein Besteck", fragte er, Weiß schüttelte mit dem Kopf. „Im Deckshaus unter dem Kartentisch kannst du dir eins holen." Weiß kam zurück mit einer verbogenen Gabel, ein Messer hatte er selbst. Gegessen wurde aus der Pfanne, dazu gab es eine kräftige Scheibe Brot, schmeckte bestens.

Mit auflaufendem Wasser ging die Fahrt zurück nach Wesermünde in den Fischereihafen. Sie luden ihren Fang auf einen an der Pier bereitstehenden Karren und der Schipper verschwand damit in Halle 10. Nach einer halben Stunde kam er mit zufriedenem Gesicht zurück: „Alles verkauft!"

„Ich gehe jetzt nach Hause zu meiner Alten, hier hast du fünf Mark, damit du dir ein Bier kaufen kannst. Morgen früh um sechs bin ich wieder hier, dann geht es weiter." Weiß kaufte sich bei dem Frikadellen Wirt ein Bier und bummelte die Pier entlang, wo noch viel Betrieb war. Wohlweislich ging er in die entgegengesetzte Richtung als am letzten Abend, auf keinen Fall wollte er den Fahrradbesitzern begegnen.

Am nächsten Morgen wurde er von einem heftigen Schmerz geweckt. Hein Söhl stand vor seiner Schlafstelle und hatte ihm mit einem Tauende einen Schlag übergezogen. Er schrie: „Ich werde dir Beine machen, du Penner." Weiß sprang auf, er war außer sich vor Wut: „Kannst du mich nicht vernünftig wecken? Man hat mich vor dir gewarnt, du Sadist. Wenn du mich noch einmal anrührst und prügelst, bekommst du es doppelt zurück."

Söhl lachte: „Du halbe Portion, dich lasse ich am linken Arm verhungern." Er holte aus und traf mit einem wuchtigen Schlag Weiß im Gesicht. Der drehte sich um und griff nach seinem Fischmesser, welches er auf einen Spant gelegt hatte. „Leg das Schlachtmesser weg", schrie Hein Söhl und holte zu einem neuen Schlag aus. Weiß stach zu, mit einer kreisenden Bewegung traf er den Schipper seitlich in der Brust. Das Messer drang bis zum Griff in sein Opfer ein. Hein Söhl stürzte mit einem Röcheln zu Boden. Weiß starrte auf sein Opfer: „Jetzt hast du deinen Lohn bekommen, du Scheusal", murmelte er. Der gewissenlose Mörder zeigte seine hässliche Fratze, er hatte in diesem Moment total die Kontrolle über sich selbst verloren, ein Menschenleben bedeutete ihm nichts.

Er nahm sein Bündel, ging an Deck und schloss die Luke zur Vorpiek. Auf der Pier löste er die Festmacherleinen, um sie dem fallenden Wasserstand des Ebbstroms anzupassen. Jetzt würde sich sobald keiner um den Kutter kümmern und der Leichnam blieb erst einmal unentdeckt. Er ging Richtung Bahnhof, wo er für den nächsten Schnellzug eine Fahrkarte nach Gießen löste. „Abfahrt 9 Uhr dreißig umsteigen in Bremen", sagte der Schalterbeamte, er hatte noch gut eine Stunde Zeit.

Er ging zum nächsten Postamt und meldete ein Ferngespräch an seine Nummer in Gießen an. Nach zehn Minuten wurde er aufgerufen: „Das Gespräch nach Gießen in Kabine 1." Er rief „Hallo" in den Hörer, eine unsichere Stimme meldete sich: „Hier bei Weiß." Weiß erkannte Schwuchtels Stimme: „Karl, ich bin's, Albrecht. Hör gut zu: ich bin heute Abend um halb Zehn zurück. Hol mich am Bahnhof ab. Kann sein, dass die Polente hinter mir her ist, also aufpassen. Und bring die Knarre mit, hast du verstanden?" Ein zögerndes „Ja", folgte. Weiß schnitt jede weitere Frage ab: „Ende."

Schwuchtel ging ins Schlafzimmer und fand nach einigem Suchen die Pistole. Weiß hatte sie unter seiner Unterwäsche versteckt. Er steckte sie in die Hosentasche, die wollte er mitnehmen zum Bahnhof und seinem Freund zustecken.

27
FLUCHT

Ich kann, weil ich will,
was ich muss.

Immanuel Kant (1724-1804)

Im Polizeirevier Fischereihafen in Wesermünde sagte
Revierleiter Uecker: „Fritz, geh zum Heuerbaas und frage,
ob er was Neues hat wegen der Nachfrage aus Gießen zur
Personensuche Weiß. Wenn der nichts hat, musst du die
Reedereien abklappern. Die werden ungeduldig da unten
hinter den sieben Bergen", fügte er lachend hinzu.

„Wird gemacht, Chef", und Fritz Wilke zog ab zu seinem
Rundgang im Fischereihafen. Der Heuerbaas ließ es
gemütlich angehen: „Erst bekommst du mal einen Kaffee,
dann sehen wir weiter." Der Kaffee kam und der Baas
blätterte in seiner Liste der letzten drei Tage. „Keine Spur
von einem Weiß, aber ein Ilja Berger steht hier, der hat mir
seinen Ausweis gezeigt mit Wohnort Berlin. Eine

Fahrkarte lag drin mit Abfahrtsort Gießen. Ich habe ihn zu Hein Söhl Kutter „Möwe" vermittelt." Fritz notierte alles in seinen Notizblock und verabschiedete sich dankend. Der weitere Rundgang mit Abfrage der Reedereien ergab nichts Neues.

Revierleiter Uecker studierte eifrig seine Notiz: „Himmel, das kann er sein. Wir müssen sofort zu dem Kutter." Er machte sich zusammen mit Polizeimeister Wilke auf den Weg zu dem Kutter. Er rief „Schipper Möwe kommen Sie an Deck." Nichts rührte sich und die beiden Polizeibeamten gingen über die Planke an Bord. An Deck, im Deckshaus, im Maschinenraum sahen sie sich um, kein Mensch war anwesend. Wilke ging zur Vorpiek und machte die Luke auf: „Chef, hier liegt einer."

Uecker stieg in den engen Raum: „Das ist Hein Söhl, er ist wahrscheinlich tot. Ich gehe zurück zum Revier, hole die Mordkommission. Du bleibst hier und lässt keinen an Bord. Der Decksmann ist verschwunden."

Auf dem Revier gab er einem anwesenden Kollegen einen Eilauftrag: „Gehe zum Bahnhof und frage, ob einer heute eine Fahrt nach Gießen gelöst hat. Nimm das Bild mit", er selbst alarmierte die Mordkommission.

Am Bahnhof hatte der Polizeibeamte Glück, der Schalterbeamte vom Vormittag wollte gerade Feierabend machen, seine Ablösung war schon da. „Ja, da hat einer eine Fahrkarte nach Gießen gelöst für den Zug 9 Uhr 30 nach Bremen, mit Anschluss an den D-Zug nach Frankfurt am Main. Ankunft in Gießen…" „Wann kommt der dort an?" „Fahrplanmäßig um 21 Uhr 30." Der

Polizeibeamte zeigte ihm das Bild. „Ja, so sah er aus, das könnte er sein."

Er eilte zurück zum Revier und teilte das Ergebnis seiner Befragung mit. Der Revierleiter griff sofort zum Telefon und rief in Gießen an. „Kommissar Reinshagen Kriminalkommissariat Gießen", meldete sich der Teilnehmer dort. „Wir haben eine mögliche Spur bezüglich Ihrer Suchanfrage Weiß. Hier ist ein Ilja Berger aufgetaucht, hat zwar einen Ausweis aus Berlin, kam aber aus Gießen. Er hat hier auf einem Kutter angeheuert, ist aber nicht mehr da. Wir haben den Schiffsführer tot aufgefunden. Die Mordkommission ist vor Ort." Jürgen Reinshagen war natürlich hellwach bei dem Namen Ilja Berger, das war der Agitator der Linken, von Weiß hier ermordet. Sicher hatte der damals dessen Ausweis an sich genommen.

„Der Name Ilja Berger ist hier bekannt, Herr Kollege, das ist eine ganz heiße Spur", meldete Jürgen Reinshagen zurück. „Ich habe noch eine Nachricht vom Bahnhof. Da hat eine Person, auf die das Bild des Gesuchten zutrifft eine Fahrkarte nach Gießen für den Zug Abfahrt von Wesermünde um 9 Uhr 30 heute Vormittag gelöst. Der Zug kommt heute Abend um halb Zehn in Gießen an. Ob der Gesuchte allerdings den Zug genommen hat, können wir nicht sagen."

„Ganz herzlichen Dank Herr Kollege, jetzt muss ich aber aktiv werden." Jürgen rief Berthold Hermann und Gregor Loheim in sein Büro, der Chef war nicht da. Er berichtete von seiner Information aus Wesermünde: „Wir müssen damit rechnen, dass Weiß heute Abend 9 Uhr 30 hier ankommt. Ich gehe mit Gregor in die Bahnhofshalle, dort wollen wir ihn schnappen. Berthold du bleibst hier und sorgst für Verstärkung, falls wir die brauchen." „Protest", kam der Einwand von Berthold, „du bleibst hier, wir beide gehen hin", er deutete auf Gregor und sich selbst. „Wir sind jung und noch flink genug."

Jürgen lachte: „Ja, ist in Ordnung, Ihr werdet noch früh genug nach Eurem erfahrenen Kollegen rufen. Nehmt Knarren mit, der kann bewaffnet sein." „Wir haben noch eine Stunde Zeit, Gregor, sei so lieb, mach uns einen Kaffee, Sofie ist nicht mehr da."

Sie fuhren mit dem Wanderer W11 zum Bahnhof, es konnte ja zu einer Festnahme kommen. Um ¼ nach 9 kamen die ersten Reisenden in die Bahnhofshalle. Berthold und Gregor hielten sich im Hintergrund. Aufgeregt stieß Gregor Berthold an: „Da kommt Schwuchtel." Tatsächlich, das war Karl Gerber alias Schwuchtel, und die Spannung stieg.

28
SCHUSSWECHSEL

Es gibt nur einfache Lösungen.
Einziges Problem:
Man muss sie finden.
Robert M. Pirsig (1928-2017)

Der D-Zug von Hamburg nach Frankfurt und weiter nach Stuttgart lief pünktlich ein und die ankommenden Reisenden, es waren etwa fünfzehn, erschienen in der Bahnhofshalle. Berthold und Gregor behielten Schwuchtel genau im Auge, er lief auf einen einfach gekleideten jungen Mann zu und umarmte ihn zur Begrüßung.

Berthold und Gregor standen am anderen Ende der Bahnhofshalle und liefen auf die beiden los. Am Eingang erschienen mehrere Polizisten, angeführt von Jürgen Reinshagen, sperrten die Eingänge ab und wiesen alle Passanten aus dem Bahnhof. Die beiden Kommissare sahen, wie Schwuchtel dem Weiß etwas zusteckte, es war die mitgebrachte Pistole, und aufgeregt auf die beiden deutete.

Weiß hob die Pistole und legte in Richtung auf die Kriminalbeamten an. Berthold hatte seine Pistole in der Hand, ging in die Knie und schoss. Schwuchtel sah die Gefahr für seinen Liebling Albrecht und warf sich schützend vor ihn. Weiß hatte ebenfalls geschossen und Gregor ging getroffen zu Boden. Entsetzt blickte Berthold auf seinen Kollegen und Freund. Er beugte sich über ihn und stellte erleichtert fest, Gregor war von einem Streifschuss am Arm getroffen und nicht schwer verwundet.

Weiß nutzte die Gelegenheit, er rannte einen Polizisten um und verschwand Richtung Bahngleise aus der Halle. Reinshagen eilte herbei und rief einen Polizisten, der mit einem Verbandspäckchen Gregor einen Notverband anlegte.

Er überzeugte sich, dass keine Reisenden mehr in der Halle waren. Erst dann warf er einen Blick auf den am Boden liegenden Schwuchtel, der sich nicht rührte. Er beauftragte den Leiter des Polizeieinsatzes schnellstens einen Arzt zu holen, ein Polizist leistet eine Erstversorgung der Schusswunde an der Brust.

Berthold stützte den am Boden sitzenden Gregor. Reinshagen eilte zu den in Gleisnähe stehenden Polizisten und versuchte eine Verfolgung des geflüchteten Weiß zu organisieren. Zwei Polizeibeamte rannten los in Richtung quer über den Gleiskörper, der Fluchtrichtung von Weiß. Er ging zurück zu Berthold, der fragte: „Wo kamst du denn so schnell her?" „Was der Alte kann, das kann ich auch", antwortete er und dachte dabei an den Einsatz in der Karburger Straße.

Der Arzt erschien und untersuchte Schwuchtel, konnte aber nur seinen Tod feststellen. „Tod durch Schusswunde im Brustbereich, schriftlich kommt das morgen. Geben Sie mir die Personalien des Toten." „Karl Gerber aus Gießen, Wohnsitz unbekannt", antwortete Berthold. Der Arzt untersuchte Gregors Wunde: „Das ist nur eine leichte Fleischwunde", und strich Jod auf die Wundränder. Gregor hatte den Schreck überwunden und stand schon wieder sicher auf den Beinen. Der Arzt nahm Gregor mit und nähte seine Wunde. Er wollte den Arm in eine Schlinge legen, Gregor lehnte ab: „Das geht auch so." „Morgen kommen Sie wieder, Verband erneuern.

Die beiden Polizisten waren zurückgekommen, ihre Verfolgung war ohne Ergebnis geblieben. „Keine Spur von dem Geflüchteten, auch Passanten haben nichts gesehen." Der Einsatzleiter der Polizei bestellte einen Bestatter, der sich um den Leichnam kümmern und ihn am nächsten Morgen zur Pathologie bringen sollte.

Als sie vor Ort alles erledigt hatten und im Kommissariat zusammensaßen, war es inzwischen 23 Uhr geworden. Jürgen und Berthold trauten ihren Augen nicht, als Gregor zur Tür hereinkam. „Du gehörst ins Krankenbett", war ihre einhellige Meinung.

„Ich muss morgen zum Verband erneuern, das ist alles." Gregor beichtete seinen Besuch in der Pulvermühle. Mit wem er dort war, sagte er nicht. Berthold gab es einen Stich in der Brust, er war sicher, dass er mit „seiner" Lene den

Abend verbracht hatte und schimpfte mit sich selbst: „Sei nicht albern, das Thema Lene ist vorbei."

„Schwuchtel, alias Karl Gerber, macht dort in einer drei Mann Kapelle Musik. So wie wir ihn heute erlebt haben, wohnt er bei Weiß. Wir sollten schnellstens dort nach seiner Anschrift fragen." Berthold und Jürgen beschlossen sofort loszufahren, noch war die Gaststätte sicher geöffnet. „Unterwegs könnt Ihr mich an meiner Wohnung absetzen", sagte Gregor. Mitnehmen zur Pulvermühle würden sie ihn wegen seiner Verwundung nicht, das war ihm klar. So wurde es beschlossen und eine ¼ Stunde später waren sie am Ziel.

Der Wirt wunderte sich über den späten Besuch von zwei Kriminalbeamten, wollte aber weiterhelfen. Er blätterte in seinen Papieren und brachte schließlich eine Adresse zum Vorschein: Karl Gerber, Gießen, Gartenallee 12, bei Weiß. „Eine Telefonnummer hat der auch, falls wir ihn mal unvorhergesehen brauchten." Berthold notierte alles.

„Das ist doch schon was", sagte Jürgen als sie wieder im Wanderer saßen. Im Stadtplan stellten sie fest, dass die genannte Straße nicht weit entfernt war und nach 10 Minuten hielten sie vor dem Haus. Berthold war schweigsam, er bedauerte natürlich den Vorfall mit Schwuchtel, obwohl man ihm keine Schuld zuweisen konnte. Aber einen Menschen hatte er bisher noch nicht erschossen.

Jürgen riss ihn aus seinen trüben Gedanken: „Ich klingle an der Tür, du bleibst am Gartentor stehen und deckst mir den Rücken." Er sah Bertholds trübe Stimmung und schrie ihn an: „Hallo, wach werden!" „Ja, schon gut." Jürgen klingelte, alles war dunkel im Haus. Er trat 2 Schritte zurück und etwas zur Seite, als Vorsichtsmaßnahme. Nachdem auch beim zweiten Klingeln sich niemand meldete, gab er Berthold ein Zeichen und beide umrundeten mit eingeschalteten Taschenlampen das Haus. Niemand war da, sie leuchteten in alle Fenster, Fehlanzeige. „Wir müssen hier für die nächsten Tage eine ständige Überwachung organisieren und eine Hausdurchsuchung. Der kommt bestimmt wieder und versorgt sich mit Kleidung und Nahrung. Außerdem müssen wir dem Rat berichten."

Damit war der heutige lange Arbeitstag abgeschlossen. Sie fuhren zurück zum Kommissariat, Jürgen bestand darauf, noch einige beruhigende Worte mit seinem jungen Kollegen zu wechseln: „Außerdem gibt es noch ein Nervotin aus meiner Hausapotheke." Er nahm den bewussten Ordner aus dem Regal und schenkte ein. Der darauffolgende Augenblick Ruhe tat Berthold so gut.

Was die beiden Kriminalisten nicht wussten, der gesuchte Weiß war im Haus und hatte sich beim ersten Klingeln in der fensterlosen Vorratskammer versteckt mit der Pistole in der Hand. Er hörte das zweite Klingeln und wartete, bis er das Geräusch des abfahrenden Wagens hörte, das waren die von der Kripo, da war er sich sicher.

Er packte ein Bündel Kleidungsstücke zusammen. Das Haus würde überwacht und sicher auch durchsucht werden. Wie hatten die so schnell seine Adresse erfahren? Woher wussten die, wann er in Gießen ankommen würde?

Er musste weg, schnellstens. Von einem Brotlaib, den Schwuchtel gekauft hatte, schnitt er einige dicke Scheiben ab und packte sie mit einer Portion Aufschnitt und Käse ein. Wo sollte er hin? Die würden alles nach ihm absuchen, er musste ein neutrales Versteck finden.

2 9
WOCHENENDE

Es ist wahrscheinlich,
dass das Unwahrscheinliche geschieht.
Aristoteles (384-322 v. Chr.)

Gregor Loheim war unruhig, das Wochenende nahte und er hatte einen „kaputten" Arm. Auf das Treffen mit Lene wollte er auf keinen Fall verzichten. Er ging zum Arzt, der Verband wurde erneuert: „Sieht gut aus, aber weiter schonen".

Anschließend ging er zum Kommissariat und gab seine Krankmeldung ab. Reinshagen sagte: „Du bist krank, ab nach Hause, oder zu deiner Tante. Ich bin mit Berthold gerade zum Chef bestellt, da kannst du aber noch mitkommen, damit er sieht, dir geht s gut."

Kriminalrat Weber empfing seine Mitarbeiter mit ernster Miene: „Meine Herren, Sie hätten mich informieren müssen." Reinshagen wollte antworten, aber der Chef winkte ab: „Ich weiß, Sie wollten den Alten am späten Abend nicht stören, aber berichten Sie, Herr Reinshagen." Jürgen Reinshagen berichtete den Ablauf vom Eingang des Anrufs aus Wesermünde bis zur Ankunft des Zuges und dem Schusswechsel.

Weber fragte: „Was sagt der Arzt zu Ihrer Verletzung, Herr Loheim?" „Es ist nur eine harmlose Fleischwunde, Herr Kriminalrat. Ich bin zwar krankgeschrieben, aber in Kürze wieder hier im Dienst."

Reinshagen berichtete weiter über den Besuch an dem Haus von Weiß und ihrem erfolglosen Klingeln. „Das ist unsere erste Aufgabe, wir müssen das Haus observieren. Beschaffen Sie eine richterliche Genehmigung für eine Hausdurchsuchung. Die Gaststätte „Schankstube" in der Karburger Straße muss ebenfalls im Auge behalten werden, hier verkehren diese Herrschaften und ihre Freunde." Gregor verabschiedete sich, er wurde nicht mehr gebraucht. Peinlichen Nachfragen bezüglich Schwuchtel hatte es zum Glück nicht gegeben.

„Ich werde für den gesamten Bereich Hessen eine Fahndung nach Weiß veranlassen. Geben Sie mir die notwendigen Informationen, Bild und Beschreibung, Sie wissen schon." Der Auftrag ging an Berthold Hermann. „Wir werden über eine Veröffentlichung in der Presse den Fahndungsdruck auf den dreifachen Mörder hochhalten. Die Bevölkerung wird aufgerufen Hinweise zu geben." Dann gab es noch ein Lob für Reinshagen wegen seiner vorsorglichen Bereitstellung der Polizei.

„Herr Hermann, Sie müssen sich einer staatsanwaltlichen Untersuchung bezüglich des Todesfalls stellen, der Sie aber beruhigt entgegensehen können. Sie mussten so handeln und haben schlimmeres verhindert." Die Aufgaben waren verteilt und die Kommissare machten sich an die Arbeit.

Jürgen Reinshagen besorgte als Erstes die richterliche Genehmigung der Hausdurchsuchung. Er rief beim Erkennungsdienst wegen eines Termins an, erhielt aber für den folgenden Tag, den Samstag, eine Absage. Das war aus terminlichen Gründen erst am Montag möglich. Eine positive Meldung hatten die Herren jedoch, bei dem Leichnam war ein Schlüssel gefunden worden, der sehr wahrscheinlich zu dem Haus gehörte. Die Haustür musste also nicht aufgebrochen werden. Eine offene Frage blieb jedoch, an die vermutlichen Auftraggeber von Weiß, Konrad Jung und Klaus Krenz, kam man so nicht heran. Hier hätte erst eine Aussage von Weiß weitergeholfen.

Berthold Hermann war froh, dass er seiner Familie ein störungsfreies Wochenende bieten konnte. Allzu oft war er in letzter Zeit verspätet nach Hause gekommen. „Sohn Ronald sagt bald Onkel Berthold zu dir", sagte sein Käthchen. Er beschloss vorerst nichts über seinen tödlichen Schuss zu sagen, das wäre ein Tiefpunkt für das Wochenende geworden.

Ähnlich erging es Gregor Loheim. Er rief vorsorglich noch einmal bei Lene an: „Vergiss den Sonntag nicht, es bleibt bei unserer Abmachung." Lachend erwiderte sie: „Keine Sorge, ich komme, suche du nur eine ordentliche

Gaststätte aus." Von seiner Verwundung sagte er nichts, kein Störfeuer jetzt!

Wochenende und die Planungen dafür standen auch bei Berte Gebert an. Der Blumenstrauß von Gregor Loheim hielt vielleicht seine Blüten noch einen Tag, dann musste er in den Müll. Sie dachte gern an Gregor und ein Lächeln überflog ihr Gesicht, wenn sie daran dachte, wie er in Begleitung seines Kollegen mit Krücken zu ihr herein gehumpelt war. Und wie hatte sie ihn aus ihrer Pflege wieder entlassen? Gesund und strahlend, wie es sich für einen jungen Mann gehörte. War ja auch kein Wunder bei ihrer Rundumpflege. Jetzt musste sie laut lachen, das war ein treffender Ausdruck.

Nach seinem Besuch vor einer Woche und dem Blumenstrauß, hatte sie nichts mehr von ihm gehört und jetzt stand wieder ihre Freundin im Vordergrund. Das frivole Abenteuer mit dem Kriminalbeamten war eine reizende Episode in ihrem Witwenleben, mehr nicht und gehörte jetzt in eine untere Schublade, musste vergessen werden. Es klingelte, das war die Freundin. Einen kurzen Moment dachte sie, wenn er das jetzt ist und die Freundin kommt später, schicke ich sie weg. Es war die Freundin, sie begrüßten sich herzlich und waren bereit für ihren Stadtbummel.

Für Berthold Hermann begann das Wochenende wie man es auf dem Dorf erwarten kann. Für die Mutter war heute Backtag, sie hatte sechs runde Brote zu je drei Pfund geformt und trug sie auf einem Brett zusammen mit seinem Vater zum Backhaus. Dort standen schon einige Frauen und losten die Reihenfolge zum Backen aus. Die

Nachbarin hielt in ihrer Schürze zehn kleine Holzscheiben, jede mit einer Nummer. Bertholds Mutter war noch nicht dran, sie hatte die Nummer vier gezogen. Das Brett mit den Broten wurde im Backhaus auf dafür vorgesehenen Stangen gelegt, sie hatte erst mal Pause.

Der Vater war schon um fünf Uhr aufgestanden und hatte zusammen mit einem Nachbarn den Backofen mit Kiefernknüppeln angeheizt. Käthchen kam mit einem Kuchen, welchen sie backen wollte. Man konnte ja nicht alles der Schwiegermutter überlassen. Berthold stand am Gartentor und genoss die dörfliche Idylle. Sein Vater hatte gefragt: „Sohn, warst du auch bei dem Einsatz im Bahnhof dabei?" Er hatte davon in der Zeitung gelesen. „Ja, war ich", hatte Berthold kurz geantwortet und sein Vater hatte nicht nachgefragt.

Berthold wollte am Sonntag einen Ausflug in die Wälder der Umgebung machen, Ein bisschen bergauf klettern würde auch dabei sein und Käthchen sollte einen Vesperkorb packen, frisch gebackenes Brot und Kuchen inklusive. Er machte sich klar, der Spaziergang war mit zeitweisem Tragen des Kleinen verbunden, aber das würde ihm Spaß machen.

Derweil hockte der dreifache Mörder Weiß in seinem Versteck, war wütend und unglücklich. Die verdammten Bullen, hatten ihn so in die Enge getrieben, dass er sich hier verstecken musste. Von Krenz war keine Hilfe zu erwarten, Konrad Jung würde ihm tüchtig einheizen, wenn er Kontakt mit ihm aufnehmen würde. Dem durfte er nicht unter die Augen kommen. Schließlich war er gegen die strenge Order von Jung wieder zurückgekommen. Am schlimmsten hatte ihn der Verlust von Karl getroffen, seinem geliebten Schwuchtel. Der hatte ihm das Leben gerettet und musste dafür sterben. Nach langer Überlegung kam er zu dem Schluss, ihm blieb nur die Möglichkeit ins Ausland zu verschwinden. Hier in seiner Heimat würden sie ihn irgendwann schnappen.

3 0
VERLIEBT

Das Glück kommt nicht ungerufen,
man muss ihm entgegen gehen.

Unbekannt

Lene war auf dem Weg zu Gregor Loheims Wohnung. Sie
hatte sich chic gemacht und ihr blau/weiß geblümtes
Sommerkleid, darüber ein leichtes cremefarbenes
Jäckchen, angezogen. Sie genoss den Spaziergang durch
den sonntäglich fast leeren Park, die Familien bereiteten
jetzt das Mittagessen vor. Sie hatte noch nicht die halbe
Wegstrecke zurückgelegt, da kam ihr Gregor schon
entgegen. Er machte einen Luftsprung und jubelte:
„Juchhu, sie ist da!". Dann stürmte er auf sie zu umarmte
sie und flüsterte ihr ins Ohr: „Ich bin früh gestartet, konnte
es nicht mehr abwarten", und knabberte an ihrem Ohr. Sie
musste lachen, ließ sich aber seine Albernheiten gefallen,
es waren ja keine Zuschauer da. „Nun verrate mir, großer
Meister, was hast du mit mir vor?"

„Erst setzen wir uns hier auf die Bank, du kannst doch auf deinen zarten Beinen gar nicht so lange stehen". Sie trat ihm leicht gegen das Schienbein: „Von wegen zarte Beine, du willst dir nur eine Schmusepause verschaffen." Wie sie ihn durchschaut hatte, aber er kam zu seiner Schmusepause.

„Also, wir gehen zunächst in ein exklusives Lokal und speisen dort. Dazu wollte ich dich noch fragen, welchen Aperitif du vor dem Mahl nehmen willst: trocknen oder lieblichen Sherry?" Sie lachte: „Ich bin heute leichtsinnig, vor dem Essen will ich einen Schnaps und in dein exklusives Lokal gehen wir nicht, wir gehen in eine Kneipe mit deftigem Essen." Er zog die Stirn in Falten: „Da muss ich umdisponieren, selbstverständlich wird der gnädigen Frau heute jeder Wunsch erfüllt." „Ob du mir heute jeden Wunsch erfüllen kannst, wird sich herausstellen, warte ab und versprich nicht zu viel."

Unter fröhlichem Gelächter setzte das verliebte Paar seinen Weg fort Richtung Innenstadt. Bei der Gaststätte „Schoppenwirt" entschied Gregor nach einem kurzen Blick auf die ausgehängte Speisekarte: „Hier kehren wir ein, entsprechend den Wünschen der gnädigen Frau." Sie nahmen an einem der beiden freien Tische Platz. Aus einem Hinterzimmer schollen fröhliche Stimmen: „Eine Herrenrunde beim Frühschoppen", sagte der Wirt und fragte nach ihren Wünschen. „Bringen Sie uns bitte zwei Bier und zwei Muntermacher", antwortete Gregor. „Sekt?", fragte der Wirt mit freundlichem Blick auf Lene. „Nein, Schlitzer Korn." „Den haben wir auch, Doppelkorn oder Alter Schlitzer?" „Den mit weniger Prozenten", sagte Lene. Die gewünschten Getränke kamen, Gregor hob das Glas mit dem Muntermacher: „Gesundheit." Lene folgte, nippte am Glas und deutete mit den Lippen ein Küsschen an.

Die Tür zum Hinterzimmer wurde geöffnet und einige Männer im gesetzten Alter erschienen, um den fröhlichen Frühschoppen zu beenden. Einer davon kam an ihren Tisch und Gregor erkannte etwas erschrocken den Alten: „Herr Kriminalrat, das ist aber eine Überraschung", sagte er. Kriminalrat Weber begrüßte Lene freundlich: „Weber, vom Kriminalkommissariat, hier findet alle 14 Tage unser Frühschoppen statt." „Nehmen Sie doch Platz, Herr Kriminalrat." „Vielen Dank, jetzt muss ich nach Hause, das Mittagessen wartet. Will mir ja keinen Ärger einhandeln." „Das verstehen wir natürlich, könnte ja mit einem Verbot der Frühschoppen enden." Weber lachte herzlich: „Genau so ist das. Ich wünsche noch einen schönen Sonntag. Da fällt mir ein, was macht denn Ihre Armwunde?"

Lene sah erstaunt zu Gregor, was war mit seinem Arm? „Keine Probleme, Herr Kriminalrat, wird schon wieder." Weber machte sich auf den Heimweg. Der Wirt kam mit zwei neuen Muntermachern: „Hat Herr Weber für Sie bestellt." Lene hatte ihr Glas noch nicht ausgetrunken und stellte den Rest Gregor hin: „Gut gemeint von deinem Chef, aber den gibt's erst nach dem Essen."

„Ich kann Ihnen heute Gulasch mit Rotkraut oder Rippchen mit Kraut anbieten, passt beides zu Ihren Getränken." Lene wählte Rippchen, Gregor auch. Als die Bestellung aufgegeben war fragte Lene: „Was ist mit deinem Arm?" „Welchen meinst du, links oder rechts?"

Lene trat unter dem Tisch mit dem Fuß nach ihm: „Das weißt du genau, gib Antwort, sonst laufe ich hinter Weber her und frage den!"

„Das war mein Chef", sagte er, „du hast ihm gefallen, genau wie du mir gefällst." Er wollte sie von seinem Arm ablenken, doch sie war unbeirrbar. Sie stand auf und zog ihm die Jacke aus. Die mit einer Binde umwickelte Stelle am linken Oberarm kam zum Vorschein. Eine schwache Blutfärbung war sichtbar. Sie strich mit den Fingern prüfend über die Binde, Gregor zuckte zusammen und stöhnte, konnte aber sein Lachen dabei nicht verbergen. Sie boxte ihn in den Rücken: „Du Simulant, du spürst doch gar nichts."

Der Wirt kam mit dem Essen, er hatte die Szene bemerkt: „Die Frau schlägt mich", sagte Gregor. Der Wirt sagte: „Das kommt in jeder Ehe vor." „Ehe, so weit sind wir noch lange nicht", bemerkte Lene zu diesem Thema. „Wie auch immer, ich wünsche guten Appetit!" Auf ihrem Teller lag ein mächtiges Stück Rippchen und ein dampfender Berg Sauerkraut. Gregor zuerst und dann auch Lene wünschten Guten Appetit und sprachen der leckeren Mahlzeit kräftig zu. Gregors Bierglas war leer und er bestellte zwei weitere Bier. „Falls dir das zu viel wird, helfe ich dir, aber Bier muss zu dieser Mahlzeit."

Lene lacht: „Gut, dass ich dich heute mal so richtig kennen lerne. Ich werde mir noch überlegen, ob ich den Spaziergang mit dir fortsetze, oder mir einen gesitteten Partner suche." Dann strahlte sie ihn wieder an und zwischen zwei „Prost" gab es noch ein Küsschen. Das Essen schmeckte hervorragend und war reichlich. Der

Muntermacher danach, jetzt war es ein Verdauer, war notwendig.

Gregor fragte den Wirt: „War Herr Weber auch schon Mal betrunken?" Der Wirt lachte: „Nein, jedenfalls habe ich das noch nicht bemerkt. Und wenn, würde ich es natürlich nicht erzählen, er ist hier ein geschätzter Gast." „Das wäre für mich interessant gewesen, er ist mein Chef." „Kann ich nicht mit dienen, aber Sie dürfen mit ihrem charmanten Fräulein Braut hier gerne auch Stammgast werden." „Das hat sehr gut geschmeckt bei Ihnen, wir kommen wieder. Falls mein Fräulein Braut hier mal mit einem anderen Verehrer auftaucht, rufen Sie mich bitte sofort an." Gregor nahm einen Bierdeckel und machte Anstalten die Telefon Nummer aufzuschreiben. Lene lachte und schlug ihm den Bierdeckel aus der Hand: „Er hat heute seine albernen fünf Minuten, Herr Wirt. Die muss ich ihm noch abgewöhnen." Sie bedankten sich für das schmackhafte Essen und Gregor bezahlte. Versonnen sah der Wirt hinter ihnen her, oh du schöne Jugendzeit, dachte er wohl.

Der weitere Weg führte Richtung Schwanenteiche. Die dort benachbarte Rollschuhbahn war von zahlreichen Zuschauern umlagert. Auch auf den betonierten Bahnen war reger Betrieb, Mädchen und Jungs versuchten ihre ersten Pirouetten und Sprünge, ausgesprochene Könner lieferten schon eine perfekte Schau. Das gegenüber liegende Café war dicht besetzt.

„Ich hole uns ein Eis", bot Gregor sich an. „Ich hole das", entgegnete Lene, „du belegst einen Platz dort auf der Bank." „Ich möchte…", weiter kam er nicht: „Du

172

bekommst Nuss mit Zitrone, ich nehme Schoko und Himbeere." Seufzend nickte er, Widerstand zwecklos.

Ein älteres Ehepaar stand von der Bank auf, Gregor beeilte sich den Platz zu belegen. Eine junge Mutter mit einer etwa dreijährigen Tochter saß noch dort, Platz war genug. Lene kam, das Eis war lecker, die Kleine sah mit großen Augen auf die Leckerei. „Möchtest du auch ein Eis?" fragte Lene, die Kleine nickte. „Du sollst keins mehr haben. Sie hat heute Vormittag schon eins bekommen", entgegnete die Mutter.

Gregor war schon aufgestanden, gab der Kleinen die Hand und sagte: „Wir sind sofort wieder da und nehmen nur eine Kugel, das darf sie doch?" Die Mutter nickte. Am Eisstand sagte die Kleine: „Du sollst mir zwei Kugeln bestellen." „Na gut, dann muss Mama dir ein bisschen helfen." Lene unterhielt sich mit der Mutter, als die Beiden zurückkamen. Die Kleine strahlte: „Mama, du musst helfen, zwei Kugeln."

Die Mutter flüsterte der Tochter etwas ins Ohr, die sich darauf ganz lieb bei Gregor bedankte. Sie ging zu ihm hin, sagte „Danke", und wollte ihm unbedingt noch ein Küsschen geben. Gregor neigte seine Wange zu ihr herab und sie gab ihm einen Schmatzer. Dann aber schnell zurück zur Mutter und dem Eis.

Sie verabschiedeten sich und die Kleine rief ihnen nach: „Du sollst nächsten Sonntag wiederkommen." Sie setzten ihren Spaziergang im weiten Bogen durch die Wiesen fort. „Nur nicht nach der anderen Seite, da wohnt Berte", dachte Gregor. Der restliche Weg bis zu Gregors

Wohnung war dann etwas mühsam, tat aber gut nach dem reichlichen Mittagsmahl.

Einen Abstecher machten sie noch an die Lahn, wo gerade die Ruderwettbewerbe zu Ende gingen. Jetzt war es an Lene zu denken, nur schnell weg von hier bevor wir Albert Schuchardt, dem Staatsanwalt, begegnen.

In Gregors Wohnung war auf dem Sofa im Wohnzimmer ein Bett hergerichtet, Lene staunte und er erklärte: „Ich habe meine Vermieterin gefragt, ob sie mir hier eine Schlafstelle machen kann, da heute ein Freund bei mir übernachtet. Mach ich, hat sie gesagt und ich habe sie tüchtig gedrückt." Lene sah ihn zweifelnd an. „Du brauchst nicht eifersüchtig zu sein, sie ist über 60 und hat einen Freund, der ist genauso alt." „Das hat sie wohl schon öfter für dich gemacht?", fragte Lene. „Nein, noch nie", antwortete er und dachte dabei: „Ich habe ja auswärts bei Berte geschlafen, aber nicht auf dem Sofa, nein, im richtigen Bett!"

„Heute mache ich aber Spiegeleier zum Abendbrot", sagte er dann, „mit Speck und Kräutern!" „Du machst eine Tasse Tee, ich die Eier", sagte sie. Es wurde ein wohlschmeckendes Abendbrot. „Wir können noch einen Bummel zur Kneipe um die Ecke machen", schlug er vor. Sie war einverstanden: „Bummel ja, aber ohne Kneipe."

Viel wurde aus dem Bummel nicht, sie hatten den Tag über eine tüchtige Strecke zurückgelegt. Sie verschwand in seinem kleinen Baderaum, in das große Gemeinschaftsbad wollte sie nicht gehen, da ja ein Freund als Besuch angekündigt war. Sie streckte den Kopf zur Tür heraus und rief: „Gib mir mal ein Hemd von dir." „Was will sie mit einem Hemd?", fragte er sich und reichte es ihr. Dann kam sie schon heraus und hatte das Hemd an.

„An meiner Kleidung siehst du, ich werde hier übernachten, habe aber keinen Schlafanzug bei mir. Geht aber auch so, du brauchst nicht zu spionieren, meinen Schlüpfer habe ich anbehalten." Gregor war begeistert, sie sah burschikos, hinreißend aus. Draußen war es dunkel geworden, Bettgehzeit. Sie machte es sich in seinem Bett bequem, die Vermieterin hatte ein frisches Betttuch aufgezogen, der „Freund" sollte ja in seinem Bett schlafen. Aber als er neben ihr stehen blieb, machte sie eine Handbewegung, die andeutete: „Weg mit dir, in deine Falle." Er sagte artig gute Nacht und trollte sich Richtung Sofa.

Sie lag wach im Bett und dachte: „Was für ein wunderschöner und gleichzeitig doch stinknormaler Sonntag. Er hat sich gut gehalten, die Albernheiten passen zu ihm. Aber bevor ich ihn mit zu den Eltern nehme, muss ich ihn noch besser kennen lernen. Ich werde als nächstes mit ihm ins Theater gehen." Eine Hand krabbelte durch die Dunkelheit unter ihre Bettdecke. „Ah, da ist er", dachte sie.

Die Vermieterin sagte am nächsten Tag zu Gregor: „Ihr Freund hat aber unruhig geschlafen, das Betttuch war ja ganz zerknautscht." „Ja, das ist ein kleiner Wilder", antwortete er.

31
RUCK-ZUCK

Dummheiten können reizend sein,
Dummheit nicht.
Alberto Moravia (1907-1990)

Berthold Hermann hatte sich für 10 Uhr mit dem Team vom Präsidium am Haus Weiß verabredet. Um ½ 10 erschien Gregor Loheim, den nahm er mit: „Wir machen heute die Hausdurchsuchung mit dem Erkennungsdienst. Du kannst mitkommen." Fünf Minuten nach ihnen kamen auch die Herren vom Präsidium, sie waren zu dritt, und gaben Berthold den Schlüssel zur Haustür. Er erläuterte noch einmal den Grund der Durchsuchung und die Männer verschwanden im Haus.

Berthold hatte Gelegenheit zu der Frage: „Wie sieht das mit deiner Verletzung aus?" „Sehr gut, ist schon fast zugeheilt. Ende der Woche muss ich zum Fäden ziehen." „Was hast du denn am Wochenende angestellt?" Zuerst wollte Gregor nicht so richtig mit der Sprache raus, dann sah er Berthold an und sagte: „Es wird Zeit, dass ich es dir sage: Ich war mit Lene unterwegs, es war ein wunderschöner Tag. Wir haben einen großen Spaziergang gemacht und beim Schoppenwirt gut zu Mittag gegessen. Dort haben wir auch den Alten getroffen, der hatte seinen Frühschoppen."

„Das war ja eine Überraschung", war Bertholds lahme Antwort. Die Erinnerung an Lene war immer noch lebendig. „Er hat sogar einen Schnaps ausgegeben." Sie gingen ins Haus, die Männer vom Erkennungsdienst waren bereits bei der Arbeit und sie standen nur im Weg herum. „Wir fahren zurück zum Kommissariat", sagte Berthold, „der Bericht kommt morgen. Ich glaube nicht, dass er uns weiterbringen wird. Na, wir werden sehen."

Albrecht Weiß, der dreifache Mörder, dessen Haus so gründlich durchsucht wurde, fasste einen Entschluss: „Sobald es dunkel wird, fahre ich in die Karburger Straße, es wird Zeit, dass ich mal wieder unter Menschen komme. Die Walther nehme ich mit, für alle Fälle."

Vor der Schankstube stellte er sein Rad auf der anderen Straßenseite ab und peilte vorsichtig die Lage. Alles war ruhig, ab und zu kam ein neuer Besucher und andere verließen das Lokal. Er ging hinein und wurde nicht sofort erkannt. Erst nachdem er sich an der Theke eingereiht hatte, sagte sein Nebenmann: „Wo kommst du denn her, du warst ja ewig nicht hier?" Die Nebenstehenden tuschelten miteinander, einer von ihnen ging zum Telefon und meldete ein Gespräch an.

Was Weiß nicht wissen konnte, er sprach mit der Bierschwemme und fragte: „Ist Klaus Krenz da?" „Klaus, ein Gespräch für dich", rief der Wirt. „Wer ist am Apparat?", fragte er. „Klaus, ich sollte dich informieren, wenn der Weiß auftaucht, er ist hier in der Schankstube." „Haltet ihn auf, in einer ½ Stunde bin ich da."

Krenz sprach mit zwei anwesenden Männern: „Unsere Aktion kann Ruck-Zuck starten, wie besprochen, kommt mit." Eilig verließen die drei das Lokal.

In der Schankstube, Karburger Straße hatten sich mehrere Männer um Weiß versammelt. Er fühlte sich wohl: „Endlich wieder unter Menschen, warum bin ich nicht früher hergekommen?" „Wo hast du denn die Tage gesteckt?", wurde er gefragt, „Die haben mich hier geärgert und da habe ich Ruck-Zuck einen Ausflug an die Küste gemacht, dort eine Tante besucht." Bei dem Wort Tante lachte er laut. Er fühlte sich wohl als Mittelpunk des allgemeinen Interesses. Einige Runden Bier gingen über die Theke. Ein neuer Gast kam herein, er fragte den Wirt: „Ist das der Weiß?" Der Wirt nickte und der neue Besucher sagte zu Weiß: „Draußen steht ein alter Kumpel von dir, kannst du mal rauskommen?"

„Bin gleich wieder da", sagte Weiß zu seinen Gesprächspartnern und folgte dem Fremden. An der Tür griff er nach der Pistole in seiner Jacke und dachte: „Egal wer das ist, mir kann nichts passieren." Draußen im Hausschatten stand ein Mann, der ihn zu sich heranwinkte. Als er näher kam erkannte er den grinsenden Klaus Krenz und ein eisiger Schreck durchfuhr ihn, gleichzeitig wurde ihm bewusst, welch dummen Fehler er gemacht hatte.

Krenz kam auf ihn zu und wollte ihm einen Lappen auf das Gesicht pressen. Er spürte einen süßlichen betäubenden Geruch und ahnte die Absicht seines Gegenübers. Er wehrte ihn ab, stieß ihm die Pistole in den Mund und riss ihm den Lappen aus der Hand. Zwei Männer, die hinter ihm nach seinen Armen greifen wollten, wehrte er ab, indem er kurz die Pistole auf sie richtete und sie anfuhr: „Legt Euch auf den Boden, wenn Euch sein Leben lieb ist", dabei deutete er auf Krenz, dem er den Lappen mit dem Narkotikum auf das Gesicht presste. Die beiden Gehilfen folgte schnellstens seinem Befehl, Krenz fiel zu Boden und gab nach kurzer Zeit kein Lebenszeichen mehr von sich, das Narkotikum hatte gewirkt.

Weiß durchsuchte seine Taschen nach dem Zündschlüssel für den Kastenwagen, den er auf der gegenüber liegenden Straßenseite gesehen hatte, fand ihn aber nicht. „Also steckt er", dachte er und rannte zu seinem Fahrrad, welches er in den Wagen warf. Die beiden Gehilfen von Krenz hörten wie der Wagen ansprang und sahen, dass er Stadt auswärts in schneller Fahrt verschwand. Weiß atmete tief durch: „Das war knapp, die sind hinter mir her. Wollen mich schnappen und kalt machen, damit ich bei der Kripo nicht singen kann, nichts wie weg."

Er stellte den Kastenwagen auf seinem üblichen Parkplatz am Parteigebäude ab, nachdem er vorher die Lage gepeilt hatte, alles war ruhig, kein Licht im Gebäude. Den Zündschlüssel steckte er ein, sprang auf sein Fahrrad und verschwand in Richtung auf sein Versteck.

Der Wirt hatte den Aufruhr auf seinem Hof wohl gehört, hielt aber seine Gäste zurück, welche zur Tür drängten: „Bleibt hier, für Euch ist es das Beste, Ihr habt nichts gesehen und nichts gehört." Er nahm das Glas von Weiß und schüttete den Rest weg: „Der kommt nicht mehr."

Krenz hatte sich mühsam von seinem Narkotikum-Rausch erholt und wurde vom Wirt in ein Hinterzimmer geführt. „Er rief seine beiden Gehilfen und verdonnerte sie zu absolutem Stillschweigen: „Kein Wort über unsere Pleite heute Abend, benehmt Euch unauffällig und haltet Augen und Ohren offen. Wir müssen den Mistkerl erwischen, sonst jagt Konrad uns durch den Fleischwolf." Er wusste, er würde dabei der Erste sein.

Der Wirt machte Krenz ein Angebot: „Mein Kellner Alfons bringt dich mit meinem Dreiseitenkipper nach Hause, dort kannst du dich am besten erholen." Zu den beiden Gehilfen sagte er: „Ihr bleibt hier im Nebenraum, da könnt Ihr nicht ausgefragt werden. Ich lege keinen Wert auf Polizei in meinem Etablissement. Ich bringe Euch ein Bier und dann ab nach Hause."

Der mit Spannung erwartete Bericht lag zwei Tage später auf Bertholds Schreibtisch. „Die Herren haben sich Zeit gelassen", dachte er und schnitt den Umschlag auf. Nachdem er alles flüchtig überflogen hatte, ging er zu Jürgen Reinshagen: „Da steht nicht viel brauchbares drin." „Lies´ mal vor", sagte der.

Der Erkennungsdienst hatte eine bürgerlich eingerichtete Wohnung vorgefunden mit Fingerabdrücken hauptsächlich von zwei Personen, das waren der im Bahnhof zu Tode gekommene Karl Gerber, alias

Schwuchtel, dessen Abdrücke man zuordnen konnte. Die zweite Person konnte nur der gesuchte Weiß sein, von dem allerdings bisher keine Abdrücke vorlagen. In einem Schlafzimmerschrank waren 100 Schuss Pistolenmunition vorgefunden worden, aber keine Schusswaffe.

Ein Telefonanschluss war vorhanden, aber kein Verzeichnis weiterer Adressen. Die Wohnung machte insgesamt einen ordentlichen Eindruck. „Da können wir keinen Honig draus saugen", meinte Jürgen, „du musst die Nachbarn besuchen und nach Auffälligkeiten befragen. Nimm Gregor mit, ihr könnt euch die Arbeit teilen."

Berthold nahm sich die beiden Häuser links, Gregor die beiden rechts vor. Im ersten Haus wurde Berthold gar nicht rein gelassen: „Wir wissen nichts und haben nichts gesehen", war die kurze Antwort der anwesenden Hausfrau. Im unmittelbaren Nachbarhaus traf er eine gesprächige Frau mittleren Alters an, die offenbar keine Zeitung gelesen hatte und wissen wollte: „Hat der Weiß was verbrochen?"

„Ich kann Ihnen dazu keine Auskunft geben, das ist ein schwebendes Verfahren und wir ermitteln nach allen Richtungen", war Bertholds Antwort. „Der Weiß kam mir schon immer verdächtig vor, meistens hat man ihn gar nicht gesehen, nur sein Freund ging hier ein und aus. Manchmal fuhr er auch mit einem Lieferwagen vor, meistens aber mit dem Fahrrad. Ich habe die Wohnung sauber gemacht und mich immer genau umgesehen, aber nichts Verdächtiges entdeckt. Sonst hätte ich die Polizei informiert, das können Sie mir glauben." Berthold notierte sich Namen und Anschrift und verabschiedete sich mit

Dank von der Frau, die noch wissen wollte, ob eine Belohnung ausgesetzt sei.

Gregor hatte nichts Wichtiges erfahren, nur der Nachbar hatte den Weiß vor zwei Nächten gesehen, wie er mit dem Fahrrad und einem Bündel auf dem Rücken das Haus verlassen hatte. „Wo hat der sich verkrochen? Wenn er mit dem Fahrrad weg ist, müsste er noch in der näheren Umgebung sein", dachte Berthold. Sie protokollierten die Ergebnisse ihrer Befragungen im Kommissariat und trafen sich etwas ratlos im Büro von Kommissar Reinshagen wieder: „Freunde, seid nicht mutlos", empfing sie dieser und schenkte erst mal einen kleinen Anti-Nervotin ein.

Lene war nach dem gehabten weiteren erfüllten Wochenende zusammen mit Gregor, versucht ihn anzurufen, um Pläne für ihre nächsten freien Tage zu machen. Im Theater wurde „Die lustige Witwe" gegeben, das würde terminlich passen. Aber dann entschied sie sich, nicht anzurufen, sie wollte ihn keinesfalls verwöhnen, sollte er sich doch selbst melden, wenn er Sehnsucht hatte.

32
SCHURKENPLÄNE

Auch wenn alle einer Meinung sind,
können alle Unrecht haben.

Bertrand Russel (1872-1970)

Konrad Jung der Vorsitzende der Rechtsradikalen, war
außer sich vor Wut. Er bestellte zwei Parteimitglieder aus
seinem engeren vertrauten Kreis in sein Büro: „Leute,
können wir denn gar nichts mehr erfolgreich über die
Bühne bringen? In der Karburger Straße haben Eure
Saufkumpane jämmerlich versagt und den Weiß laufen
lassen, obwohl sie ihn schon hatten. Zusammen saufen,
das liegt Euch, am besten noch auf Kosten der
Parteikasse."

Ein lahmer Einwand: „Konrad, wir waren nicht dabei",
wurde kaum beachtet: „Dann macht es jetzt besser. Wir
müssen Weiß fassen, und zwar vor der Polizei, dazu
folgender Plan: Erstens, wir müssen sein Haus

überwachen, irgendwann taucht er dort wieder auf, er braucht ja Geld und auch Kleidung. Zweitens, er hat den Kastenwagen hier stehen gelassen, kann also nur zu Fuß oder mit dem Fahrrad unterwegs und nicht allzu weit weg sein. Wir schicken Parteimitglieder in die benachbarten Dörfer, die sollen sich umhören. Verteile das Foto von Weiß. Wir haben genügend Leute, die in den Dörfern wohnen. Drittens, wir organisieren eine Überwachung des Kastenwagens, er hat ja den Zündschlüssel nicht hiergelassen."

Jung machte eine Pause, die beiden Mitarbeiter sahen ihn zweifelnd an: „Seht mich nicht so ungläubig an, nachdem Krenz versagt hat, übergebe ich Euch diese Aufgabe. Ihr habt alle Freiheiten, auch Geld aus unserer Parteikasse dürft Ihr einsetzen und die große Chance Euch in unserer Organisation zu bewähren."

„Wird gemacht Konrad, den schnappen wir uns." Jung nickte zufrieden mit dem Kopf: „Den Krenz nehme ich mir persönlich vor. Wir werden schneller als die Polizei sein."

Der Mörder Weiß hatte als Versteck die Kate der Witwe Gebert gewählt. Hier hatte er einen Schlüssel und wurde nicht gestört, meinte er jedenfalls. Aber das war nicht von Dauer, er konnte sich hier nicht versorgen, sein Geld war alle, er musste etwas ändern.

Ihm war klar, dass seine Wohnung und der Kastenwagen überwacht würden. Eine andere Möglichkeit fiel ihm ein und er radelte in der Dämmerung in die Stadt zur Göbelstraße, die Adresse hatte ihm der Sohn der Witwe Gebert gegeben, bevor er sich aus Gießen verabschiedet hatte. Er ersah aus den Klingelschildern, dass sie im ersten Stock wohnte und klingelte an ihrer Flur Tür.

Berte Gebert öffnete eine Spalt breit, sah einen ihr unbekannten Mann und wollte die Tür wieder schließen. Nicht mit Weiß, der stellte den Fuß in den Spalt und sagte: „Halt, junge Frau, nicht so schnell, ich habe eine Nachricht von Ihrem Sohn." Berte öffnete zögernd: „Ist was passiert?" „Darf ich erst reinkommen?" Berte führte den ihr unheimlichen Besucher in das Wohnzimmer und deutete auf das Sofa: „Bitte setzen Sie...", weiter kam sie nicht. Weiß hatte sie an einem Arm und am Hals gepackt und warf sie auf das Sofa: „Er presste eine Hand auf ihren Mund, mit der anderen an ihrem Hals sagte er drohend: „Wenn du schreist, mache ich dich alle."

Mit angstvoll aufgerissenen Augen starrte Berte ihn an. Er genoss den Moment vollkommener Macht über die Frau, sagte grinsend: „Mein Gott, ist die hässlich." Er knetete ihre Brüste, sodass sie schmerzhaft aufschrie.

„Jetzt höre mir gut zu, dein Sohn Hans hat Spielschulden und braucht Geld, ich soll es für ihn bei dir abholen. Also wo hast du deinen Zaster?" Mit zitternder Hand zeigte sie Richtung Schlafzimmer. Er zwang sie aufzustehen, sie ging vor ihm her, öffnete den Schrank und holte eine Kassette unter der Bettwäsche hervor.

„Wo ist der Schlüssel?", herrschte er sie an. Sie griff in das nächste Wäschefach und gab ihm einen dort versteckten Schlüssel an einem Lederband. „Aufschließen", kommandierte er. Mit zitterten Finger öffnete sie die Kassette. Er riss ihr den Schlüssel aus der Hand und schlang ihr die Lederschnur um den Hals: „Ein Mucks und du bist tot."

In der Kassette waren 150 Mark. Er nahm das Geld und warf die Kassette auf den Boden: „Wo ist dein restliches Geld, das reicht nicht." „Mehr hab ich nicht", war ihre wimmernde Antwort.

Der Mörder Weiß verließ die Wohnung. Sein nächstes Ziel war der Kastenwagen. Er hatte den Schlüssel und wollte mit dem Wagen fliehen. Jetzt in der Nacht würde niemand dort Wache stehen, außerdem war er vorsichtig und hatte die Pistole.

Er peilte von der gegenüber liegenden Straßenseite die Lage, niemand war zu sehen.

Die beiden von den Rechten eingeteilten Wachen hielten sich im Erdgeschoss des Versammlungsgebäudes auf. „Oh, ist das langweilig", sagte Egon zu seinem Kumpel Willi und gähnte, „der ist längst über alle Berge." „Wir müssen uns zwei Mädels herbestellen, dann kann einer aufpassen, der andere, na du weißt schon …" Egon stieß ihn an und deutete nach draußen. Eine Person kam über die Straße und steuerte auf den Kastenwagen zu. „Das ist er."

Wie abgesprochen nahmen sie ihre von einem Dreschflegel abgeschnittenen Knüppel und eilten nach draußen: „Weiß", riefen sie den Ankömmling an. Der drehte sich um und griff nach der Pistole in seiner Tasche. Zu spät, zwei kräftige Hiebe trafen ihn, einer auf die Hand, einer auf den Kopf, er fiel auf den Boden. Sie schleiften den Bewusstlosen in das Gebäude, fesselten und knebelten ihn. Gemäß ihrer Order riefen sie Klaus Krenz an, der inzwischen von dem Vorsitzenden Jung eine gewaltige kalte Zigarre bekommen hatte und wusste, wenn wieder etwas schief ging, kam er in den Jung´schen Fleischwolf: „Ich komme sofort, Ihr könnt ihn schon in den Wagen schaffen, aber gut verpackt!"

Krenz kam und überzeugte sich, dass es der gesuchte Weiß war, der zu einem Bündel verschnürt im Kastenwagen lag. Er setzte sich ans Steuer: „Egon, du kommst mit, Willi, du hast nichts gesehen und gehört. Kannst Feierabend machen, wir haben noch einen kleinen Ausflug vor uns."

33
MÖRDERKATE

*Alles Vortreffliche ist ebenso
schwierig wie selten.*
De Spinoza (1632-1677)

Bertes Freundin Dina war auf dem Weg zur Göbelstraße.
Sie freute sich auf den Spaziergang mit der Freundin und
den Austausch von Neuigkeiten. Sie hatte aufmerksam
und mit ein klein bisschen Neid der Schilderung Bertes
über ihre Bekanntschaft mit dem jungen Polizeibeamten
zugehört. „Das darf ich nur dir erzählen", hatte die
Freundin gesagt, „ist ja vom Alter her völlig unpassend.
Gut, dass ich es nicht beichten muss, wer weiß, was die
Katholiken mir für eine Strafe aufgebrummt hätten."

Dina spürte einen Schauer über ihren ganzen Körper, als
sie sich vorstellte, welche wilden Abenteuer die Freundin

wohl mit dem jungen Mann bestanden hatte. Mit der Freundin hatte sie keine Geheimnisse, sie kannten sich schon seit der Schulzeit. Sie klingelte an der Flurtür zu Bertes Wohnung, niemand öffnete.

Sie kramte in ihrer Handtasche nach dem Schlüssel, den die Freundin ihr gegeben hatte und öffnete die Tür, bestimmt war Berte im Bad oder der Küche und hatte nichts gehört. Im Wohnzimmer, in der Küche, im Bad war sie nicht, sie sah ins Schlafzimmer, keine Berte, aber die Schranktüren waren aufgerissen und Bettwäsche auf den Boden verstreut worden. Außerdem lag da eine geöffnete Geldkassette.

Erschrocken rief Dina: „Einbrecher", und rannte zurück zur gegenüber liegenden Flurtür, wo sie Sturm klingelte. Die Nachbarin kam an die Tür: „Da waren Einbrecher bei Berte", sagte Dina aufgeregt. Die Nachbarin rief ihren Mann und mit ihm vorweg gingen die Frauen in Bertes Wohnung. Im Schlafzimmer entdeckte der Nachbar Berte, die hinter den Ehebetten auf dem Boden lag

Ein Blick genügte dem ehemaligen Kriegsteilnehmer, sie war tot. Er drängte die Frauen zurück in seine Wohnung und sagte zu Dina: „Ihre Freundin ist tot." Dina brauchte einen Augenblick, um das zu begreifen, dann griff sie sich an die Stirn, verlor jegliche Farbe im Gesicht und fiel rücklings bewusstlos auf den Fußboden. Der Nachbar sagte zu seinem Sohn: „Max, du rennst zum Polizeirevier an der Ecke, die sollen sofort kommen, wir haben hier einen Raubmord." Der Junge rannte los und kam nach wenigen Minuten mit zwei Polizeibeamten zurück. Dina lag auf dem Sofa bei den Nachbarn und hatte sich wieder so weit erholt, dass sie den Polizisten Auskunft geben konnte, wer sie war und weshalb sie hier war. Der Nachbar gab kurz Auskunft über seine Entdeckung in Bertes Wohnung.

Die Polizisten gingen mit gezogener Pistole in Bertes Wohnung und untersuchten erst alle Räume, bevor sie das Schlafzimmer betraten. Die Nachbarn mussten draußen bleiben, nichts sollte verändert werden. Sie fanden Berte mit einer Lederschnur um den Hals, offenbar erdrosselt. „Und das vor dem Frühstück", sagte der Ältere zu seinem Kollegen. „Du bleibst hier, ich hole die Mordkommission und einen Arzt. Niemand kommt in die Wohnung."

Er eilte zurück zum Revier, um zu telefonieren. Der Arzt war 15 Minuten später da und bestätigte: „Exitus durch Erdrosselung." Die Beamten vom Erkennungsdienst erschienen und untersuchten die gesamte Wohnung nach Spuren. Vom Polizeirevier wurde das Verbrechen an das zuständige Kriminalkommissariat weitergegeben. Der Anruf wurde von Kommissar Reinshagen angenommen und in das Tagebuch eingetragen.

Erst nachdem er aufgelegt und Berthold gerufen hatte, erkannte er: „Das ist doch die Adresse der Witwe Gebert, der Eigentümerin der Kate in der Hedenheimer Feldmark." Berthold Hermann war fassungslos: „Ich fahre sofort hin", sagte er, aber Kollege Jürgen meinte: „Das bringt nichts, wir müssen den Bericht vom Präsidium abwarten." Der kam am nächsten Tag und Bertholds Aufgabe war, die Freundin und die Nachbarn von Frau Gebert zu vernehmen. Das ging bei der Freundin nicht ohne Tränen ab, bei den Nachbarn erfuhr er den Ablauf nach dem Besuch von Dina.

Reinshagen studierte den Bericht, der bestätigte: „Tod durch Erdrosselung mit einer Lederschnur." Der Vergleich der Fingerabdrücke ergab als sicher anzunehmen: Weiß war der Täter. Er kannte die Adresse der Frau Gebert von deren Sohn und hatte hier auf der Suche nach Geld ein leichtes Opfer gefunden. Das war durch die gefundene Kassette eine weitere Feststellung.

Die Männer der Mordkommission hatten einen Bestatter bestellt, Berthold benachrichtigte den Sohn Hans über seinen Arbeitgeber vom Tod der Mutter und bat ihn schnellstens nach Gießen zu kommen, da keine weiteren Verwandten bekannt waren.

Er kam in Jürgens Büro, ihn beschäftigte eine weiteres Problem an diesem Fall: „Wie sagen wir es Gregor? Frau Gebert hat ihn aufgenommen und gepflegt nach seiner Verletzung durch die Schlagfalle." „Da bin ich im Moment auch ratlos", entgegnete Jürgen, „aber wir werden wohl nicht drum herumkommen, es ihm so wie es ist zu präsentieren. Lass es uns sofort erledigen."

Gregor Loheim kam, sah die ernsten Gesichter der Freunde, Kollegen und fragte: „Ist was passiert?" Jürgen sagte: „Setz dich, lieber Freund. Wir haben eine schlimme Nachricht für dich, Frau Gebert ist tot." „Tot?", fragte Gregor, noch hatte er nicht realisiert was gemeint war. Er dachte: „Berte tot, das kann nicht sein, so gesund und lebensfroh ich sie zuletzt gesehen habe." „Ja, und zwar ermordet von Weiß, der uns schon zweimal durch die Lappen gegangen ist."

191

Jetzt setzte Gregor sich und Jürgen berichtete ihm den ganzen Ablauf von der Entdeckung durch die Freundin bis zu dem Raub aus der Kassette und den Ermittlungen der Mordkommission. Gregor war im Moment zu keiner Äußerung fähig: „Da brauche ich erst mal frische Luft", sagte er und verließ das Büro.

Er kam an diesem Tag nicht zurück ins Kommissariat, erst lief er ziellos durch die Umgebung, dann wollte er zu Lene, sich Trost holen. „Aber was könnte ich ihr sagen, dass ich ein Verhältnis mit Berte hatte, die vom Alter meine Mutter sein könnte?" Er ging zu einem Kiosk, holte sich eine Flasche Bier und setzte sich in der Südanlage auf eine Bank.

„Hier sitze ich jetzt, wie der letzte Landstreicher", er musste schmunzeln, „ich, der die Menschen dieser Stadt vor Räubern und Mördern beschützen soll." Er stand auf, die halb ausgetrunkene Flasche ließ er stehen und ging zu seiner Wohnung. Seine Wirtin machte gerade sein Bett und staunte: „Sie sind schon hier?" „Mir war nicht gut, da habe ich Feierabend gemacht." Sie erledigte ihre Arbeit und kam mit einer Tasse Tee zurück: „Eine Tasse Kamillentee wird Ihnen guttun." Sie streichelte ihm über das Haar, mütterliche Gefühle, oder mehr? Er trank einen Schluck. „Wenn Sie etwas brauchen, melden Sie sich." „Ja, danke."

Die Nachricht von Bertes Tod war ein Schock für ihn gewesen, der ihn unvorbereitet getroffen hatte. Traf ihn eine Mitschuld, dass der Mörder sich Berte als Opfer ausgesucht hatte? Wohl nicht, Weiß kannte Namen und Anschrift von dem Sohn. Morgen im Kommissariat wollte er sich mit Hochdruck an der Suche nach dem Mörder beteiligen.

Es klingelte, die Vermieterin öffnete und klopfte an seine Tür: „Sie haben Besuch." Herein kam, er konnte es nicht glauben, es war Lene. „Lene, das ist aber eine Überraschung", sagte er, und nachdem die Vermieterin die Tür hinter sich wieder geschlossen hatte, „und was für eine angenehme!" Lene sagte gar nichts und er nahm sie einfach in den Arm. „Hast du mich vermisst?" fragte er. „Du hast dich einige Tage nicht gemeldet, ich war in Sorge, du könntest wieder eine Verletzung aus dem Dienst haben, vielleicht eine schwere Schussverletzung durch die Brust ins Auge." Das war nicht so ganz ernst gemeint, er ließ sie nicht weiterreden, drückte und liebkoste sie, ein Glücksgefühl durchströmte ihn. „Am liebsten würde ich dich hier auf das Bett werfen und…" „Halt, nicht weiter mit deiner verdorbenen Fantasie. Raus aus dem Haus, lass uns einen Spaziergang machen."

Der Spaziergang war eine wunderbare Idee, eine Idee wie sie eben nur Frauen haben, dachte Gregor bewundernd. So wurde er sein Problem mit Berte Gebert los, welches er nicht als Geheimnis vor Lene, seiner Liebsten, wie er sie jetzt nannte, herumschleppen wollte. Er erzählte ihr von dem Mord und dann die Geschichte von Anfang an. Sie hörte ihm schweigend zu und konnte nichts Schlimmes an seinem Verhalten erkennen. Sie dachte an ihre Leidenschaft für Berthold und an die Affäre mit dem Staatsanwalt, was sie ihm aber nicht beichten wollte, kommt Zeit, kommt Rat.

Sie kehrten beim „Schoppenwirt" ein, der sie freundlich begrüßte. „Schön, dass Ihr wieder mal hergefunden habt", sagte er und stellte zwei „Alte Schlitzer" auf den Tisch, „ich gebe einen aus." Eifersucht regte sich in Gregor: „Das hat er nur wegen Lene getan, die gefällt ihm", dachte er, „hier gehen wir nicht mehr hin." Da hatte er aber die Rechnung ohne seine Liebste gemacht, die sagte nämlich auf dem Nachhauseweg: „Ein freundlicher Wirt, gutes Essen, da können wir wieder mal hingehen." Die Wurstplatte hatte wirklich ausgezeichnet gemundet. An der Bushaltestelle trennten sie sich, sie hatten zwar die „Lustige Witwe" im Theater versäumt, aber Lene versprach: „Ich suche was Neues für uns und dann bist du dran!"

Am nächsten Vormittag klingelte im Kommissariat bei Sofie Blum das Telefon: „Kann ich Herrn Hermann sprechen?" „Wer ist am Apparat?" „Das kann ich in dieser vertraulichen Angelegenheit nur dem Kommissar selbst sagen." „Kleinen Moment." Sofie ging in das nebenan liegende Büro von Berthold: „Da will dich jemand sprechen, will aber seinen Namen nicht nennen." „Du kannst durchstellen."

Als er seinen Namen nannte, meldete sich der Anrufer: „Hier spricht Karl Beck, bitte besuche mich morgen früh, ich will einen Kaffee ausgeben. Ich rufe von meiner Arbeitsstelle an, habe aber morgen frei." Berthold erkannte natürlich den Anrufer und machte keine großen Worte. „Bin um 10 Uhr da, danke." Der Anrufer legte auf. Sofie kam zu ihm: „War das wichtig?" „Das erfahre ich morgen, aber ich glaube schon."

Er informierte Kommissar Reinshagen, dann machte er einen Besuch bei Gregor, der wieder pünktlich zur Arbeit erschienen war. „Wie geht es dir, mein Freund?", fragte er. „Gregor lachte: „Danke der Nachfrage, gut. Ich will jetzt helfen den Mörder zu fangen." Berthold wunderte sich: „Er hat sich aber schnell erholt", dachte er, dass das „gut" weitgehend auf Lenes Besuch beruhte, wusste er ja nicht. „Du sollst morgen früh mitkommen, hat Jürgen entschieden. Ich besuche einen Informanten und bevor mir eine Falle gestellt wird, hält er es für besser, wenn wir zu zweit sind."

Am nächsten Morgen: „Hier ist das Haus, er wohnt im ersten Stock." Im Hausflur und Treppenhaus, auf der Straße, nichts Auffälliges war zu sehen. Gregor ging mit bis vor die Flurtür und bevor Berthold klingelte, stieg er eine Treppe höher, von dort konnte er den Eingang beobachten, ohne selbst gesehen zu werden. Als alles ruhig blieb ging er auf die gegenüber liegende Straßenseite, wo er bei den Fahrrädern wartete.

Karl Beck öffnete und machte einen nervösen Eindruck. „So, jetzt wollen wir den versprochenen Kaffee trinken", sagte er. Berthold wollte ablehnen, aber Beck deutete mit dem Daumen hinter sich Richtung Schlafzimmertür und zwei Zeigefinger an den Lippen sollte bedeuten, Feind hört mit.

Berthold hatte verstanden und nahm den Kaffee dankend an. „Was macht der Kleine und die Frau Gemahlin?", fragte er, um bei einem neutralen Thema zu bleiben. „Danke gut, du weißt ja, unsere lieben Frauen haben immer etwas am Bart. Wie geht's bei Euch?" Karl duzte ihn, um den Lauschern längere Vertrautheit vorzuspielen. Er holte zwei Gläschen mit Weinbrand: „Ganz ohne Würze schmeckt uns der Kaffee doch nicht." Berthold lachte zustimmend, obwohl ihm der braune Stoff weniger zusagte, er stand auf Klarem.

Eine viertel Stunde verging mit allgemeinem Geplauder, dann verabschiedete sich Berthold. Im Treppenhaus sagte Karl Beck: „Die haben mich beim Telefongespräch belauscht und wollten dabei sein, wenn mein Besuch kommt. Ich habe eine Nachricht für Sie, die haben den Weiß geschnappt und mit ihrem Kastenwagen abtransportiert. Draußen auf der Straße sage ich nichts mehr, die beobachten uns vom Fenster aus."

Berthold bedankte sich und fuhr mit seinem Fahrrad zurück zur Dienststelle. Gregor gab er einen versteckten Wink zurückzubleiben, um nicht Karl Beck doch noch zu verdächtigen. Er hatte nicht viel erfahren, aber durchaus Wichtiges.

Sie setzten sich beim Chef zusammen, Berthold informierte über die vorliegenden Informationen. Nachdenkliches Schweigen, dann ein Wort vom Chef zu der Situation: „Da sind uns also Zivilisten zuvorgekommen und haben den ruchlosen Mehrfachmörder geschnappt und wir dürfen mit diesem Wissen noch nicht einmal an die Öffentlichkeit gehen, dann würden wir Hermanns wertvollen Informanden, den Karl Beck, preisgeben."

„Da bleibt uns nur beim nächsten Schritt schneller zu sein, bei der Festnahme des Mörders Weiß", warf Berthold Hermann ein. „Wenn es überhaupt zu einer Festnahme kommen kann, die Rechten fürchten den Weiß als Informanten von uns über die Hintermänner und Auftraggeber der politischen Morde." Da mussten die versammelten Kriminalisten dem Chef recht geben, es musste schnellstens etwas geschehen, wenn überhaupt noch Aussicht auf Erfolg bestehen sollte.

So recht wusste man gar nicht wonach man jetzt noch suchen sollte. Eine flächendeckende Aktion war bisher ohne Erfolg verlaufen, es war spürbar, die Herren waren ratlos.

Kommissar Hermann machte einen Vorschlag: „Wir sollten noch einmal die Kate der ermordeten Witwe nach Veränderungen untersuchen, vielleicht ergibt sich etwas." „Einverstanden, fahren Sie mit Loheim hin, aber Vorsicht! Anschließend werden wir eine Razzia bei den Rechten machen. Ich werde versuchen einen richterlichen Durchsuchungsbefehl zu organisieren, das wird allerdings nicht leicht werden. Was haben wir gegen diese Herren vorzubringen? Doch nur vage Verdachtsmomente, nichts Greifbares, das hätte uns der Weiß als Informant liefern können, den wir aber nicht haben."

Es konnten in der Tat keine Beschuldigungen gegen die Rechten vorgebracht werden. Die Morde waren von Weiß begangen worden, das galt als Fakt. Dass er in derselben Gaststätte wie die Mehrzahl der Rechtsextremen verkehrte, konnte gegen diese nicht verwendet werden.

Berthold und Gregor machten sich auf zur Kate. Gregor hatte ein ganz ungutes Gefühl, wenn er an ihren letzten Besuch dachte. Er hörte noch das hässliche Geräusch der zuklappenden Falle, spürte den beißenden Schmerz an seinem Knöchel.

Die Hütte lag unverändert vor ihnen. Berthold öffnete die Tür mit dem Dietrich und stieß sie mit einem Stock auf, Vorsicht hatte der Alte angemahnt. Alles war dunkel im Innern, man konnte nichts erkennen. Gregor holte vom Wagen zwei starke Stablampen, taghell lag der Innenraum der Kate jetzt vor ihnen. Von der Decke hing eine menschliche Gestalt herab, leicht schaukelnd von dem Luftzug der aufgestoßenen Tür, sie war am Hals aufgehängt.

„Da haben wir den Salat", sagte Berthold. Sie untersuchten gründlich Fußboden Wände, Decke und leuchteten alles ab, bevor sie die Kate betraten. „Keine Gefahr heute, da müsste schon die ganze Bude einstürzen", war Gregors Meinung. Er kletterte in das Gebälk und schnitt die erhängte Person ab, nachdem er sich mit Berthold abgestimmt hatte.

Trotz der verzerrten und verquollenen Züge war zu erkennen, es war der gesuchte Weiß. „Jetzt müssen wir die Kate wirklich Mörderkate nennen", sagte Berthold nachdenklich, „eine Aussage bekommen wir von dem nicht mehr."

34
WEICHEN STELLEN

Misserfolge sind Wegweiser
auf dem Weg zum Erfolg.
C.S. Lewis (1898-1963)

So wie es aussah, hatte der vierfache Mörder Weiß seine Situation als ausweglos erkannt und Selbstmord begangen. Er war jedenfalls nicht gefesselt oder sonst irgendwie verletzt, was auf Zwang schließen ließ. So war jedenfalls der Eindruck der beiden Kriminalbeamten, einen genauen Überblick würde der Bericht der Mordkommission bringen. Dann würden sie sich auch noch einmal um das Haus von Weiß kümmern.

Bericht beim Alten: „Da hat Hermann mal wieder den richtigen Riecher gehabt. Ohne Glück geht auch in unserem Metier gar nichts, meine Herren. Veranlassen Sie einen Einsatz der Mordkommission und herzlichen

Glückwunsch." Damit waren Berthold Hermann, Jürgen Reinshagen und Gregor Loheim erst einmal entlassen.

Sie trafen sich in Jürgens Büro, ein Nervotintrunk war jetzt ein Muss! Einziges Problem, er hatte nur zwei Gläser, also umschichtig einen auf die Gesundheit heben und zwischendurch ausspülen. „Da haben wir uns schwergetan, Ihr habt tüchtig mitgemischt, Jungs. Jetzt fragt man sich: Ende gut alles gut?" Jürgen hielt den jungen Kollegen noch einmal den Spiegel vor, so wie es ihm als ältestem Kommissar zustand. „Jetzt soll der Chef sehen, wie er die Karre weiterbewegen will. Die Presse-Erklärung kann er auch abfassen. Wir können schließlich nicht alles alleine machen", sagte er grinsend. Darauf noch ein Nervotin und Feierabend!

Gregor rief vom Büro Lenes Station an. Sie hatte ebenfalls Feierabend: „Ich hole sie", sagte die freundliche Stationsschwester. Etwas außer Atem meldete Lene sich: „Ja, Greifer, was gibt's?" Sie lachte über ihre Anrede für ihn, die hatte sie noch nie benutzt. „Na warte; ich überlege mir auch was Passendes für dich, wie wärs denn mit Spritze? Spaß beiseite, ich fahre jetzt hier los mit dem Rad und bin in ¼ Stunde bei dir. Mach dich bereit." Leise, damit es keiner hören konnte, flüsterte sie in den Hörer: „Ich freue mich."

Er ließ das Rad vor ihrer Haustür stehen und schloss es ab. Als er sie drücken und sicher auch abschmusen wollte, stieß sie ihn sanft zurück:" Feind sieht mit", sagte sie lächelnd. „Ich lerne es noch", sagte er. Der heutige Spaziergang sollte nach der „Grünen Aue" gehen, die sie schon kannten und leicht zu Fuß erreichbar war.

Er setzte sich natürlich neben sie an dem Tisch im Garten, nicht gegenüber, das mochte er nicht und Lene war es auch recht. „Ich darf nicht alles so einfach hinnehmen von ihm, sonst wird er übermütig", dachte sie, verwarf diesen Gedanken sofort wieder und dachte: „Ich will es ja so haben."

„Was wollen wir trinken, vielleicht mal ein gutes Gießener Bier?" „Ja, gerne, ich habe Durst von dem langen Arbeitstag. Wovon du Durst hast, kann ich mir allerdings kaum vorstellen", meinte sie, „du hast doch den ganzen Tag im Büro gesessen und Kaffee getrunken." Beide waren guter Stimmung und zum Bier bestellten sie noch Handkäs mit Musik, einfach herrlich.

Er revanchierte sich, indem er sie ausgiebig abtastete, bis sie ihm schließlich auf die Finger klatschte: „Das geht zu weit, verbotene Zone, wo du eben warst." Am Nachbartisch saß ein älteres Paar, welches mit Wehmut die übermütige Stimmung nebenan wahrnahm.

„Willst du eigentlich dein ganzes Leben lang Verbrecher und Spitzbuben jagen?" „Willst du eigentlich dein ganzes Leben lang Kindern den Hintern abputzen?", war die Gegenfrage. Sie antwortete mit: „Ja, irgendwann sollen es dann auch eigene Plagen sein." Er war nachdenklich, sein Entschluss stand noch nicht sicher fest, er wollte weg von den Kriminalen.

Die Kollegen waren ihm ans Herz gewachsen, echte Freunde geworden, er würde aber sein ganzes Leben nicht in dieser ständigen Anspannung aushalten können und eine Entspannung wie bei Berte Gebert wurde ihm bestimmt nicht wieder geboten. Einen gleichwertigen

Ersatz zu finden für sein Gehalt und die später zu erwartende Pension, war gewiss nicht leicht. Er brauchte einen Ratgeber, einen Mutmacher für seinen Plan, da war Lene gerade die Richtige.

„Lene, Herzenskäfer, ich brauche deinen Rat. Ich will mich beruflich verändern und möchte eine technische Ausbildung als Ingenieur oder Techniker machen. Was hält Ihro Gnaden davon?" Sie sah ihn erstaunt an: „Ich dachte, du bist mit Leib und Seele bei der Polizei, meine Frage war eher spaßig gemeint. Über eine ernsthafte Antwort muss ich nachdenken, das ist eine wichtige Entscheidung, welche für dein ganzes Leben wirkt."

„Ich könnte diese Ausbildung hier am Ort machen, du brauchtest mich nicht zu entbehren." „Und wer bezahlt den Spaß?" „Meine Eltern würden mich unterstützen und dann habe ich ja noch dich." Nun musste sie wirklich lachen: „Darauf verlasse dich mal nicht, ich brauch meine Groschen für mich selbst." Er hatte das auch nicht so ernst gemeint, sein Sparbuch war auch schon ganz gut bestückt und würde helfen über zwei oder drei Jahre Ausbildung hinweg zu kommen.

Wenn auch ohne Ergebnis, so war er doch froh, seine Pläne grob vorgetragen zu haben. Sie musste ja entscheiden, ob sie auch bei ihm bleiben wollte, wenn er als Student ohne Verdienst wäre. Eine Heirat mit gemeinsamer Wohnung war damit erst einmal in weite Ferne gerückt.

Auf dem Rückweg zu Lenes Wohnung sprachen sie nicht mehr über das Thema. Lene teilte ihm den Termin für ihren Theaterbesuch am nächste Samstag mit. Er sollte mit ihr „Frau Luna" von Paul Lincke sehen, was er nicht wusste: eine Prüfung für ihn. Zärtlicher Abschied vor ihrer Haustür, er schwang sich auf sein Rad und Heimfahrt.

3 5
LICHT UND SCHATTEN

Am Abend wird man klug
für den vergangenen Tag,
doch niemals klug genug,
für den, der kommen mag.

Friedrich Rückert (1788.1866)

Der Bericht vom Erkennungsdienst kam und sorgte für Kopfschmerzen bei Jürgen Reinshagen und seinen Mitstreitern im Kommissariat. In der Kate selbst, die jetzt allgemein Mörderkate genannt wurde, hatte man nichts Erwähnenswertes vorgefunden, keine Gegenstände, keine Fingerspuren, welche auf Beteiligung Dritter schließen ließ.

Der Tod des Erhängten war vor etwa 3 Tagen eingetreten. Anhand seiner Fingerabdrücke war er zweifelsfrei als der gesuchte Mörder Albrecht Weiß identifiziert. Zweifel gab es an seinem Selbstmord: Die Beamten vom Präsidium hatten an seinen Handgelenken Abschürfungen festgestellt, die von Fesselung mit einem groben Strick herrühren konnten. Am Kopf war eine Beule mit leichter Platzwunde erkennbar.

„Man könnte also annehmen, der Weiß ist bewusstlos geschlagen und gefesselt worden, dann hat man ihn erhängt. Beweisen können wir das nicht, es sei denn Spitzenschnüffler Hermann hätte da noch einen seiner genialen Einfälle", war Jürgens Kommentar zu dem Geschreibsel. Berthold stand auf: „Da hole ich uns erst mal einen Kaffee, vielleicht sehen wir dann klarer."

Kaffee weckt die Lebensgeister und macht auch nach einem langen Arbeitstag wieder munter. Berthold begann: „Ich hab da noch eine Idee", und seine Kollegen Jürgen und Gregor sahen ihn erwartungsvoll an: „Wenn wir wüssten, ob die Kate vor unserem Erscheinen mit einem Schlüssel geöffnet wurde, hätten wir einen möglichen Kreis von Verdächtigen." Staunend hatten Jürgen und Gregor zugehört. „Dazu müssten wir erst den Schlüssel selbst haben."

Jürgen nickte: „Gregor auf, wir fahren noch einmal hin." Als sie an der Hütte ankamen war alles unverändert, niemand war zu sehen. Sie nahmen ihre Stablampen und suchten die Umgebung ab. Das Gebüsch, zum Teil dornige Brombeer- und Himbeerranken wurden gründlich durchsucht, nichts gefunden. Als sie schon wieder im Auto saßen, bereit zur Rückfahrt, geschah einer dieser seltenen Zufälle, die sie doch noch fündig werden ließ. Gregor beobachtete eine Amsel auf dem Dach der Kate und sah etwas, was wie eine Schlüssel aussah.

Er stieg auf Bertholds Schultern und sah den gesuchten Schlüssel, den er mit seinem Taschentuch umwickelte und an sich nahm. Berthold bestätigte: „Das ist der Schlüssel, den hat der oder die Täter auf das Dach geworfen, wollte ihn einfach los sein als lästiges Beweisstück. Was haben wir für ein Glück gehabt."

„Wenn wir das morgen Jürgen präsentieren, glaubt der an Zauberei." Glaubte er zwar nicht, aber sein Respekt vor den Fähigkeiten seines „Spitzenschnüfflers" wuchs.

Berthold fuhr mit dem Rad ins Präsidium und sprach mit dem zuständigen Kommissar. Der machte ihm wenig Hoffnung: „Aber Fingerabdrücke, die wir in der Kate nicht gefunden haben, die könnte der Schlüssel hergeben. Ich liefere Ihnen das Ergebnis heute Nachmittag."

Berthold fuhr zurück zum Kommissariat, wo nachmittags der Bericht vom Erkennungsdienst ankam. Auf dem Schlüssel waren Fingerabdrücke einer Person deutlich erkennbar. „Die Abdrücke müssen wir mit den Spuren im Kastenwagen vergleichen", sagte Berthold und der Chef besorgte schnellstens einen entsprechenden Durchsuchungsbefehl.

Es dauerte aber wieder einen Tag, bis man Gewissheit hatte: die Abdrücke auf dem Schlüssel waren identisch mit denen im Kastenwagen. Klaus Krenz wurde ins Kommissariat vorgeladen zu einer Vernehmung mit Feststellung der Fingerabdrücke. Auch dafür hatte der Kriminalrat Weber eine richterliche Verfügung besorgt.

Und nach zwei arbeitsreichen Tagen stand fest, die Fingerabdrücke auf dem Schlüssel und im Kastenwagen waren von Klaus Krenz, der daraufhin in Untersuchungshaft genommen wurde. „Klärt sich da was?", fragte Reinshagen seine Mitstreiter. Sie wussten welcher dornige Weg noch vor ihnen lag, bis nach etlichen Vernehmungen vielleicht ein Geständnis da war.

Denn, dass der Krenz alles abstreiten würde, darüber waren sie sich im Klaren. Eine Durchsuchung seiner Wohnung ergab keine Hinweise auf ihn als Täter, das heißt Mörder seines Gehilfen Albrecht Weiß. Die Abschürfungen an den Händen des Erhängten und die Beule am Kopf, ergaben Zweifel an einem Selbstmord, waren als Beweis aber nicht zu gebrauchen.

36
NEUE ZEITEN

Die Wahrheit triumphiert nie,
ihre Gegner sterben nur aus.

Max Planck (1858-1947)

Das Verfahren gegen Krenz zog sich bis über das
Jahresende hin, der Mord an Weiß konnte ihm nicht
nachgewiesen werden. Unter der neuen Regierung wurde
das Verfahren eingestellt. Als Auftraggeber für die Morde
an dem Agitator Berger und dem Informant der Polizei
Sommer war ihm und anderen aus den Reihen der
Rechtsradikalen, ebenfalls nichts nachzuweisen.

Der Einzige, der ihn hätte belasten können, der Mörder
Weiß selbst, war in der Mörderkate tot aufgefunden
worden. Die Fingerabdrücke im Kastenwagen erklärte
Krenz mit gelegentlichen Fahrten, die er mit dem
Fahrzeug durchgeführt hatte. Der Schlüssel hätte in einer
Schublade im Büro gelegen und so hätte er ihn halt auch

mal in die Hand genommen. Wie er auf das Dach der Kate gekommen sei, könne er sich nicht erklären.

Auch die Morde an dem Schiffer Hein Söhl aus Wesermünde und der Witwe Gebert, mussten als erledigt zu den Akten gelegt werden, der Schuldige lebte nicht mehr.

Die Deutsche Reichsbahn hatte Schließfächer am Bahnhof geöffnet, die nicht mehr benutzt wurden und übergab einen Koffer an die Kripo, dessen Besitzer unbekannt war. Da es sich wahrscheinlich um den Koffer des ermordeten Agitators Berger handelte, wurde er an Wilhelm Sperl übergeben. Dort hatte Berger einen Vortrag gehalten, kurz bevor er ermordet wurde. Die Kriminalisten konnten keine Hinweise für ihre Arbeit aus dem Inhalt des Koffers ziehen.

Der Anschlag auf das Bürogebäude der Rechtsradikalen wurde nicht weiterverfolgt, Beweise gegen die verdächtigen Linken waren nicht vorhanden. Auch hier hatte die neue Regierung ein Patentrezept zur Hand: die Partei der Linken wurde im ganzen Deutschen Reich verboten.

Auch im Kriminalkommissariat waren Änderungen angesagt: Kriminalrat Weber ging zum Jahresende in den wohlverdienten Ruhestand, Jürgen Reinshagen wurde sein Nachfolger. Seine Mitarbeiter bereiteten ihm einen würdigen Abschied. Sein Büro war geschmückt und er erhielt ein 60 X 40 cm großes Foto von allen Mitarbeitern. Der findige Fotograf hatte ihren Chef in der Mitte eingefügt mit einem Zepter in der Hand und einem Lorbeerkranz auf dem Haupt. Herr Weber war total überrascht und hatte einen leichten feuchten Schleier in den Augen.

Seine vorgesetzte Dienststelle verlieh ihm eine besondere Verdienstmedaille für 40 Jahre Tätigkeit im Kommissariat. Zur Verleihung erschien ein Staatssekretär, der gleichzeitig auch Jürgen Reinshagen die Ernennungsurkunde zum Leiter der Abteilung überreichte. Jürgen hatte zu dieser Gelegenheit einen dunklen Anzug mit silbergrauer Krawatte angezogen. „Einfach chic, unser Chef", sagte Berthold zu Sofie Blum.

Am darauffolgenden Wochenende fand ein großer Umzug der Rechtsextremen und den ihr angeschlossenen Organisationen statt. Jürgen Reinshagen und Berthold Hermann hatten Dienst, Störungen von Seiten der Linken wurden befürchtet, es blieb aber ruhig. Doch wer beschreibt ihr Erstaunen, als sie in der ersten Reihe der marschierenden Uniformierten ihren verehrten früheren Chef erkannten?

„Der Alte ist Parteimitglied, davon hat er uns nie etwas erzählt", Berthold war sprachlos, „da hätte mir doch sein Name in der Mitgliederliste auffallen müssen.". „Er hat aber absolut dichtgehalten, wegen unserer Pläne in Richtung seiner Parteigenossen. Sonst hätten wir viel mehr Gegenwind gehabt", war Jürgens Überzeugung. Weber winkte ihnen freundlich zu, sie winkten zurück.

Gregor Loheim machte sein Vorhaben wahr, er schied zum Jahresende 1932 aus dem Dienst der Polizei aus. Er entschloss sich nach nochmaliger Beratung mit seinem Augenstern, zu einem Studium am hiesigen Polytechnikum, wo er sich bewarb und angenommen wurde. Es standen ihm damit drei Jahre ohne Verdienst bevor, mit Unterstützung seiner Eltern und Lene an seiner Seite würde er das schon meistern. Sein Plan war möglichst bald eine kleine Wohnung in günstiger Lage für Lene und sich zu mieten und mit ihr zusammen zu ziehen. Doch davon wusste Augenstern noch nichts, das wollte er vorsichtig angehen, nur nichts überstürzen!

Eine gute Tat hatte der scheidende Kriminalrat noch veranlasst: der Feuerwehrmann Karl Beck erhielt für entscheidende Hinweise zu den Mordfällen Berger, Sommer und Gebert die von der Staatsanwaltschaft ausgesetzten 1000 Mark Belohnung. Der Betrag wurde ihm anonym übergeben, sein Name in der Presse nicht genannt. Frau Beck bekam neue Garderobe und war begeistert. Die Frage nach dem Woher des Geldsegens umschiffte Beck elegant.

Berthold bedauerte das Ausscheiden von Gregor sehr, er war ein fähiger Kriminalist und freundlicher Kollege. Dass er Lene wohl endgültig als Partnerin gewonnen hatte, damit hatte er sich abgefunden, an den ganz alten Zöpfen wollte er sich nicht mehr länger festklammern. Er war glücklich mit seinem Käthchen innerhalb der kleinen Familie.

Für ganze Familie Hermann ging ein Traum in Erfüllung, das langersehnte Auto war finanziell machbar. Berthold kaufte einen Kleinwagen DKW Reichsklasse. 1685 Reichsmark musste er dafür hinblättern.

Der Wagen war ein Zweisitzer mit einem Notsitz, ein Ausflug an den Rhein mit der ganzen Familie, wie seine Mutter es sich wünschte, war noch nicht möglich. Aber es musste ja nicht bei dem kleinen DKW bleiben, die Weltwirtschaftskrise war überwunden und es ging aufwärts.

-ENDE-